RAFFLES
UM LADRÃO DE LUVA BRANCA

Título original:
Raffles

Tradução:
Marília Costa Fontes

Revisão:
Ana Sousa Amorim

Capa:
Susana Villar

Biblioteca Nacional de Portugal – Catalogação na Publicação

HORNUNG, E. W., 1866–1921

RAFFLES: UM LADRÃO DE LUVA BRANCA. – (ÁLIBI)
ISBN 978-989-9124-03-5

CDU 821.111-34"18/19"

Depósito Legal n.º ????

Paginação:
João Jegundo

Impressão:
?????
para
Minotauro
julho de 2022

MINOTAURO, uma chancela de Edições Almedina, S.A.
Avenida Emídio Navarro, 81, 3D – 3000-151 Coimbra – Portugal
E-mail: editoras@grupoalmedina.net

RAFFLES
UM LADRÃO DE LUVA BRANCA

E. W. HORNUNG

MINOTAURO

Índice

Os idos de março ... 9

Um disfarce ... 33

Cavalheiros e jogadores ... 51

O primeiro delito ... 71

Assassínio premeditado ... 89

Uma questão de justiça ... 105

Um segundo encontro ... 123

Os idos de março

I

Era quase meia-noite e meia hora quando regressei ao Albany num último e desesperado recurso. O cenário do meu infortúnio encontrava-se mais ou menos como eu o deixara. As fichas do bacará ainda estavam espalhadas pela mesa, com os copos vazios e os cinzeiros cheios. Fora aberta uma janela para deixar sair o fumo, mas, em vez disso, entrava o nevoeiro. O próprio Raffles tinha simplesmente substituído o casaco de cerimónia por um dos seus variados *blazers*. No entanto, arqueou as sobrancelhas como se o tivesse arrancado da cama.

— Esqueceu-se de alguma coisa? — perguntou, quando me viu parado sobre o tapete.

— Não — respondi-lhe, empurrando-o sem cerimónia e abrindo caminho até à sala, com um descaramento que até a mim me espantava.

— Não voltou para a desforra, espero. Pois receio que não a possa dar sozinho. Eu mesmo lamento que os outros...

Estávamos frente a frente junto à lareira, até que o interrompi:

— Raffles, deve estar bastante surpreendido com esta minha vinda aqui, com tais modos e a tal hora. Mal o conheço. Nunca estive nos seus aposentos. Mas trabalhei para si como «caloiro» na escola, e você disse que se lembrava de mim. Claro que isso não é desculpa, mas é capaz de me escutar durante dois minutos?

De início, dado o meu estado emotivo, as palavras saíam-me com esforço. Mas, como a expressão se manteve acolhedora, prossegui com mais confiança. E não me enganei.

— Certamente, meu caro companheiro — respondeu. — Os minutos que você quiser. Tire um *Sullivan* e sente-se — e estendeu-me a sua cigarreira de prata.

— Não — disse-lhe, fazendo voz forte enquanto abanava a cabeça. — Agradeço-lhe, mas não, não vou fumar, nem me vou sentar. Tampouco repetirá o convite quando ouvir o que tenho a dizer.

— De certeza? — perguntou, acendendo um cigarro e fixando-me com os olhos azuis-claros. — Como é que sabe?

— Provavelmente irá indicar-me a porta — gritei asperamente —, e terá justificação para o fazer! Mas não vale a pena estar com rodeios. Sabe que perdi duzentas libras ainda agora?

Ele acenou afirmativamente com a cabeça.

— Não tinha dinheiro comigo.

— Lembro-me.

— Mas tinha o livro de cheques, e passei a cada um de vós um cheque naquela mesa.

— E então?

— Nenhum deles valia sequer o papel em que foi escrito, Raffles. Tenho a minha conta no banco a descoberto!

— Temporariamente, com certeza.

— Não. Gastei tudo.

— Mas disseram-me que os negócios lhe corriam bem. Ouvi dizer que veio cá para fazer dinheiro.

— E vim. Há três anos. Tem sido a minha maldição. Agora foi-se todo... Cada tostão! Sim, tenho sido um louco. Nunca houve nem haverá um ser tão parvo como eu fui... Isto não é suficiente para si? Porque é que não me manda embora?

Em vez disso, ele andava para trás e para diante com uma expressão sisuda.

— A sua família não pode fazer nada? — perguntou por fim.

— Santo Deus! — gritei. — Não tenho família! Sou filho único. Fiquei entregue a mim mesmo. O meu consolo é eles já estarem mortos. Nunca saberão.

Deixei-me cair numa cadeira e escondi o rosto. Raffles continuava a andar de um lado para o outro sobre a alcatifa, tão luxuosa quanto toda a decoração da sala. As suas passadas prosseguiam com inalterável calma.

— Você costumava ser um tipo dado às letras — acabou por dizer. — Não foi diretor de uma revista? Lembro-me de lhe ter enviado os meus versos. A literatura desse género está na moda, qualquer tolo pode viver disso.

Abanei a cabeça.

— Nenhum tolo poderia anular as minhas dívidas.

— Não tem um apartamento algures? — continuou.

— Sim, em Mount Street.

— Bem, e que tal a mobília?

Ri alto, escarnecendo da minha miséria.

— Está tudo hipotecado há meses.

Perante esta resposta, Raffles deteve-se, de sobrancelhas levantadas e com um olhar severo que já podia encarar melhor, pois tinha-lhe dado conhecimento da péssima situação em que me encontrava. Então, com um encolher de ombros, retomou o seu passeio, e durante uns minutos nenhum de nós falou. Mas no seu belo rosto imóvel li o julgamento fatal. E, com todas as minhas forças, amaldiçoei a loucura e a cobardia que me tinham trazido ali. Como ele fora amável comigo na escola, quando era delegado de turma e eu o seu protegido, ousara esperar agora ajuda da sua parte. Eu estava arruinado, e ele suficientemente rico para jogar *cricket* todo o verão, sem fazer mais nada durante o resto do ano. Tinha contado em vão com a sua misericórdia, a sua compreensão, a sua ajuda! Sim, no fundo tinha confiado nele, com toda a minha visível timidez e humildade; e recebia a devida resposta. Havia um pouco de piedade e compreensão naquele bigode frisado, naquela queixada rígida, naqueles frios olhos azuis que nunca me fitavam. Agarrei o meu chapéu. Mexi confusamente os pés. Teria saído sem uma palavra, mas Raffles parara entre mim e a porta.

— Onde é que vai?

— Isso é comigo — retorqui. — Não o vou incomodar mais.

— Então como é que posso ajudá-lo?

— Não pedi a sua ajuda.

— Então porque veio ter comigo?

— Realmente, porquê...? — ecoei. — Deixa-me passar?

— Não antes de você me dizer aonde vai e o que pensa fazer.

— Não adivinha? — gritei. E durante vários segundos fixámos os olhos um no outro.

— Tem coragem? — perguntou, quebrando o encanto num tom tão cínico que fiquei com o sangue a ferver.

— Verá — respondi, enquanto recuava e sacava a pistola do bolso do sobretudo. — Agora, vai deixar-me passar ou mato-me já aqui?

O cano tocou-me na têmpora, e o meu polegar no gatilho. Louco de excitação, arruinado, desonrado, e finalmente determinado a pôr fim à minha vida desperdiçada, o mais surpreendente neste dia é que não o fiz então e ali. A vil satisfação de envolver outrem na destruição atraía-me o egoísmo mais primário; e provocar o medo ou o horror no rosto do meu companheiro ter-me-ia feito morrer diabolicamente feliz; teria sido a minha última e ímpia consolação. Mas foi um olhar diferente que deteve a minha mão. Não ostentava medo nem terror; só interrogação, espanto e uma tal expectativa satisfeita que me levou, bem pesadas as coisas, a meter o revólver no bolso, seguido de uma blasfémia.

— Maldito! Até gostava que eu o fizesse!

— Nem por isso — foi a resposta dada, com um pequeno sobressalto e uma mudança de tom que veio demasiado tarde. — Para dizer a verdade, embora não estivesse totalmente convencido de que você o faria, o certo é que não me lembro de alguma vez ter estado tão fascinado quanto agora. Nunca pensei que tivesse tanta vontade, Bunny! Não, macacos me mordam se o deixo ir agora. E será melhor não tentar outra vez esse jogo, pois não me apanhará uma segunda vez parado a olhar para si. Temos de pensar nalgum modo de resolver essa confusão. Não fazia ideia de que você fosse um tipo desse género! Bom, deixe-me ver a arma.

Uma das suas mãos pousou amavelmente no meu ombro, enquanto a outra desapareceu no bolso do meu sobretudo, e deixei-o tirar a arma sem qualquer murmúrio. Mas não foi simplesmente por Raffles ter o poder de se tornar irresistível. Na verdade, o império da sua vontade ultrapassava tudo quanto eu conhecera. E a minha aquiescência representava mais do que a mera sujeição de uma vontade fraca a uma mais forte. A tentativa de último recurso que me levara ao Albany transformara o meu desespero numa sensação de segurança, ainda que não completamente definida. Afinal de contas, Raffles iria ajudar-me! A. J. Raffles seria meu amigo! Era como se, de repente, todo o mundo se tivesse posto do meu lado. Portanto, longe de resistir à sua ação, agarrei e apertei a mão dele com uma ansiedade tão incontrolável como o furor que a precedera.

— Deus o abençoe! — exclamei. — Desculpe-me por tudo. Para ser franco, não pensei que me pudesse ajudar na minha aflição, embora soubesse que não tinha razões de queixa de si. No entanto, tendo em conta os tempos de escola, os bons velhos tempos, pensei que me desse outra oportunidade. Se não o fizesse, pensava estoirar os miolos... e ainda o farei se mudar de ideias!

De facto, receava que, à medida que falasse, ele pudesse mudar de opinião, apesar do seu tom amável e do simpático uso da minha velha alcunha. As palavras com que me respondeu demonstraram o meu julgamento errado.

— Como nos precipitamos a tirar conclusões! Tenho os meus vícios, Bunny, mas voltar costas não é um deles. Sente-se, meu bom amigo, e fume um cigarro para acalmar os nervos. Insisto. Uísque? Não será muito aconselhável, mas beba este café acabado de fazer. Agora escute-me. Você fala de «outra oportunidade». O que é que quer dizer com isso? Outra oportunidade no bacará? Não será, se bem o conheço! Acha que a sorte deve mudar, mas suponhamos que não muda... Só teríamos piorado a situação. Não, meu caro amigo, já se enterrou bastante. Entrega-se nas minhas mãos ou não? Muito bem, então, não se afundará mais, e não vou apresentar o meu cheque. Infelizmente, há os outros homens. E mais infelizmente ainda, Bunny, neste momento estou quase tão mal quanto você!

Foi a minha vez de ficar pasmado a olhar para Raffles.

— Você... — vociferei. — Você, liso? Como é que posso estar aqui e acreditar nisso?

— Também não acreditei em si? — replicou, sorrindo. — E tendo em conta a sua experiência, parte do princípio de que um indivíduo nada em dinheiro só porque tem um apartamento neste local, pertence a um clube ou dois e joga um pouco de *cricket*? Digo-lhe, meu caro amigo, neste momento estou liso como você nunca esteve. Só vivo do meu engenho... e de absolutamente mais nada. Esta noite era tão necessário para mim ganhar algum dinheiro como para si. Estamos no mesmo barco, Bunny, é melhor remarmos juntos.

— Juntos! — saltei. — Farei qualquer coisa neste mundo por si, Raffles, se realmente com isso quer dizer que não me vai abandonar. Pense em qualquer coisa que queira e eu fá-la-ei! Era um homem desesperado quando cheguei aqui, e continuo desesperado. Não me importo de fazer seja o que for desde que consiga ultrapassar, sem escândalos, esta situação.

Vi-o outra vez inclinado para trás numa das luxuosas cadeiras com as quais o aposento estava mobilado. Vi a sua figura calma e imponente; o rosto pálido, anguloso e bem barbeado; o cabelo preto encaracolado; a boca cerrada e cruel. E senti outra vez o brilho claro do seu cortante olhar, frio e luminoso como uma estrela, entrando no meu cérebro, esquadrinhando os próprios segredos do meu coração.

— Pergunto-me se estará convencido de tudo isso — disse por fim. — Está, agora, com esta disposição; mas será duradoura? No entanto, há sempre esperança quando uma pessoa fala nesse tom. Recordo-me também agora de que você era um tipo levado da breca na escola. Lembro-me de uma vez me ter feito um favor; recorda-se, Bunny? Bem, espere e talvez eu possa retribuir com juros. Dê-me tempo para pensar.

Levantou-se, acendeu outro cigarro e recomeçou a passear pela sala, mas com passadas mais lentas e pensativas, e por muito mais tempo do que anteriormente. Por duas vezes parou junto à minha cadeira, como que prestes a falar, mas acabou sempre por retomar o passeio em silêncio. Depois de abrir a janela, que fechara pouco tempo antes, ficou durante alguns momentos debruçado para o nevoeiro que cobria o pátio do Albany. Entretanto, um relógio sobre a prateleira da chaminé bateu a uma hora, e daí a pouco a uma e meia, sem uma palavra entre nós.

Mesmo assim, não só fiquei na cadeira pacientemente, como também atingi uma estranha serenidade de espírito nessa meia hora. Tinha empurrado insensivelmente o meu fardo para os largos ombros deste esplêndido amigo, e os meus pensamentos vagueavam com os meus olhos enquanto os minutos passavam. A sala era de bom tamanho, quadrada, com portas de fole, com a prateleira da chaminé em mármore, e a distinção soturna e antiquada, peculiar do Albany. Estava encantadoramente mobilada e arranjada com a conta certa de negligência e bom gosto. O que mais estranhei, no entanto, foi a ausência dos habituais traços num antro de um jogador de *cricket*. Em vez dos convencionais e gastos bastões de *cricket*, uma estante de carvalho entalhado, com todas as prateleiras numa confusão, a preencher boa parte de uma parede; e onde esperava encontrar retratos de *cricket*, achei reproduções de trabalhos como «Love and Death» e «The Blessed Damozel», em molduras poeirentas e desalinhadas. O homem podia ter sido um poeta menor em vez de um atleta de primeira. Mas houvera sempre uma componente estética na sua complexa harmonização; a algumas destas mesmas gravuras eu próprio limpara o pó nos seus aposentos escolares. Isto tudo levou-me a pensar ainda noutra das suas muitas facetas — e no pequeno incidente a que ele se tinha acabado de referir.

Toda a gente sabe como o carácter de um colégio inglês depende largamente do que existe no seu grupo desportivo e, em particular, da personalidade do capitão da equipa de *cricket*, e nunca ouvi ninguém negar que, no tempo de A. J. Raffles, esse carácter fosse bom, ou que tal influência por que ele se esforçava fosse a melhor. No entanto, murmurava-se na escola que ele tinha o hábito de passear pela cidade à noite com ar janota e barbas falsas. Mas havia incredulidade quanto a esses boatos. Só eu conhecia o facto, pois, todas as noites, içava a corda depois de ele descer e, enquanto todos dormiam, ficava acordado até à hora em que a baixava novamente a um dado sinal. Até que, certa noite, ele se excedeu e esteve a um passo da expulsão vergonhosa. Encontrava-se no auge da sua fama. Uma grande dose de coragem e controlo da sua parte, ajudados, sem dúvida, por alguma presença de espírito da minha parte, impediu esse resultado desagradável; e nada mais precisa de ser dito sobre um incidente tão ignominioso. Mas não posso fingir que o esqueci ao sujeitar-me à clemência deste homem no meu desespero. E perguntava-me quanta da sua brandura se devia ao facto de ele também não o ter esquecido; até que parou e, mais uma vez, ficou imóvel junto da minha cadeira.

— Tenho estado a pensar naquela noite em que escapámos por um triz — começou. — Porque é que estremece?

— Também estava a pensar nisso.

Sorriu, como se tivesse lido os meus pensamentos.

— Bem, você, Bunny, portou-se às direitas nessa altura: não falou e não vacilou. Não fez perguntas, nem contou histórias. Pergunto-me se continua a ser assim.

— Não sei — respondi-lhe, ligeiramente confuso com o seu tom. — Tenho feito tanta confusão com assuntos pessoais que, tal como os outros, já não tenho grande confiança em mim. No entanto, nunca na vida deixei ficar mal um amigo. Digo isto porque, a não ser assim, não estaria metido numa alhada, como me aconteceu esta noite.

— Exatamente — disse Raffles, acenando com a cabeça para si próprio, como que concordando com algum curso de pensamento escondido. — Exatamente como recordava, e aposto que é tão verdade agora como o foi há dez anos. Nós não mudamos, Bunny. Só crescemos. Suponho que nenhum de nós tenha realmente mudado desde a altura em que você costumava deixar cair aquela corda e eu costumava trepá-la com as mãos. Nada o faz vacilar por um amigo, hein?

— Nada neste mundo! — exclamei com satisfação.

— Nem mesmo um crime? — perguntou Raffles, sorrindo.

Parei para pensar, pois o seu tom tinha mudado, e tive a certeza de que ele estava a gozar comigo. No entanto, os seus olhos estavam tão atentos como sempre e, pela minha parte, não estava na disposição de ser reservado.

— Não, nem mesmo assim — declarei. — Diga qual é o crime e conte comigo.

Ele olhou interrogativamente para mim durante um momento, e voltou a olhar com ar de dúvida; depois afastou o assunto com um abanar de cabeça e com uma breve risada cínica, tão peculiar nele.

— Você é bom tipo, Bunny! Uma mente realmente agitada, não é? Em primeiro lugar, pensa no suicídio, logo a seguir em qualquer crime que eu queira! O que você quer é um empurrão, meu rapaz, e fez bem em vir ter com um cidadão tão decente e obediente à lei, com boa reputação. Seja como for, havemos de ter o dinheiro esta noite.

— Esta noite, Raffles?

— Quanto mais depressa, melhor. Cada hora a mais depois das dez horas de amanhã de manhã é uma hora de risco. Deixe um desses cheques chegar ao seu banco, e você fica desonrado. Não, temos de nos mexer esta noite e de fazer um depósito na sua conta logo pela manhã. E até acho que sei onde resolver o problema.

— Às duas da manhã?

— Sim.

— Mas como, onde, a uma hora destas?

— Um amigo meu, aqui na Bond Street.

— Deve ser um amigo muito íntimo.

— Íntimo não é a palavra. Administro a sua casa e tenho a chave na minha posse.

— E iria acordá-lo a esta hora da noite?

— Se estiver na cama.

— E é essencial que vá consigo?

— Absolutamente.

— Então, vou. Mas devo dizer que não gosto da ideia, Raffles.

— Prefere a alternativa? — perguntou o meu companheiro, com escárnio. — Não, espere, isso é injusto! — exclamou logo de seguida, em tom de desculpa. — Eu percebo. É uma prova brutal. Mas não lhe serviria de nada ficar de fora. Sugiro-lhe o seguinte: beba um copo antes de começarmos... só um. Está aqui o uísque, o sifão, e eu vou vestir o sobretudo enquanto se serve.

Bem, devo dizer que não foi um pequeno trago o que tomei. Este plano não era de todo desagradável, apesar da sua aparente inevitabilidade. Devo confessar, no entanto, que tive alguns receios antes de esvaziar o meu copo. Entretanto, Raffles chegou ao pé de mim, já com um sobretudo sobre o seu *blazer* e um macio chapéu de feltro posto descuidadamente sobre o cabelo encaracolado. Abanou a cabeça com um sorriso quando lhe passei a garrafa.

— Quando voltarmos — disse. — Primeiro o trabalho, depois o prazer. Está a ver que dia é hoje? — acrescentou, rasgando uma folhinha do calendário com citações shakespearianas, enquanto eu esvaziava o copo. — Quinze de março. Os idos de março, os idos de março, lembra-se? Eh, Bunny, meu rapaz? Não os vai esquecer, pois não?

E, com uma gargalhada, atirou alguns carvões para o fogo, antes de desligar o gás como uma dona de casa cuidadosa. Então, saímos juntos, enquanto o relógio da chaminé batia as duas.

II

Piccadilly era um fosso de nevoeiro branco e húmido, orlado com focos de luzes e forrado com uma fina camada de lama pegajosa. Não encontrámos outros viajantes nas calçadas desertas, e fomos presenteados com um olhar severo do polícia de ronda, que, no entanto, tocou no capacete ao reconhecer o meu companheiro.

— Está a ver? Sou conhecido da polícia — riu-se Raffles, depois de o termos ultrapassado. — Pobres diabos, têm de andar de olhos bem abertos numa noite como esta! O nevoeiro pode ser aborrecido para mim e para si, Bunny, mas é uma perfeita dádiva do céu, sobretudo quando inesperado, para os delinquentes. Cá estamos, e macacos me mordam se o mandrião não está na cama a dormir!

Tínhamos virado a Bond Street e parado na berma do passeio, alguns metros mais abaixo, à direita. Raffles olhava fixamente para algumas janelas do outro lado da rua, janelas dificilmente discerníveis através da névoa e sem o brilho de uma luz que as revelasse. Situavam-se por cima de uma joalharia, conforme podia ver pelo orifício da porta da loja, recortado por uma luz brilhante que vinha do interior. Mas toda a parte de cima, bem como a porta vizinha, pela qual se fazia serventia, estavam escuras e vazias como o próprio céu.

— É melhor desistir esta noite — incitei. — Dará certamente tempo suficiente virmos amanhã de manhã.

— Nem pensar — disse Raffles. — Tenho a chave. Vamos fazer-lhe uma surpresa. Venha.

E, agarrando-me o braço direito, apressou-me a atravessar a rua, abriu a porta com a chave e, no minuto seguinte, tinha-a fechado depressa, mas suavemente atrás de nós. Ficámos os dois parados no escuro. Lá fora, passos ritmados aproximavam-se; tínhamo-los ouvido através do nevoeiro quando atravessámos a rua; agora, conforme se acercavam, os dedos do meu companheiro apertavam o meu braço.

— Pode ser o tipo — murmurou. — É o raio de um pássaro noturno...! Nem um som, Bunny! Vamos pregar-lhe um susto. Ah!

Os passos ritmados tinham passado sem uma pausa. Raffles respirou fundo e o aperto dos seus dedos no meu braço foi abrandando lentamente.

— Mas, quieto, nem um som! — continuou, no mesmo murmúrio. — Vamos pregar-lhe um susto, esteja onde estiver! Descalce os sapatos e siga-me.

Bem podem perguntar por que motivo o fiz, mas é só porque nunca conheceram A. J. Raffles. Parte do seu poder reside na capacidade de chefiar sem esforço. E era impossível não seguir tal chefe. Poder-se-iam depois levantar dúvidas quanto às suas decisões, mas o primeiro impulso era segui-lo. Por isso, quando o ouvi descalçar os sapatos, fiz o mesmo, e fui pela escada, atrás dele, pé ante pé, antes de ter percebido como era estranho este modo de abordar um estranho para pedir dinheiro na calada da noite. Mas era óbvio que Raffles e ele deveriam ter grande intimidade, e deduzi que eles teriam o hábito de pregar partidas um ao outro.

Fomos tão lentamente às apalpadelas pela escada acima que tive tempo de observar alguns pormenores antes de chegarmos ao topo. A escada não tinha passadeira. Os dedos esticados da minha mão direita não encontraram nada na parede húmida; os da esquerda roçaram na poeira que se podia sentir no corrimão. Uma sensação de medo apossara-se de mim desde que tínhamos entrado na casa. Aumentava a cada passo. Que eremita íamos nós assustar na sua cela?

Chegámos a um patamar. O corrimão levava-nos para a esquerda e, de novo, para a esquerda. Mais quatro degraus e estávamos noutro patamar maior. De repente, surgiu a luz de um fósforo. Não o tinha ouvido a ser riscado. A sua chama ofuscava. Quando os meus olhos se acostumaram à luz, lá estava Raffles segurando o fósforo com uma mão e encobrindo-o com a outra, entre mesas vazias, paredes nuas e portas abertas de salas vazias.

— Onde é que me trouxe? A casa não está ocupada?

— Chiu! Espere! — murmurou, mostrando o caminho para uma das salas vazias. O fósforo apagou-se quando passámos a ombreira, e ele acendeu outro sem o mais pequeno ruído. Então, parou de costas para mim, tateando algo que não conseguia ver. Mas quando deitou fora o segundo fósforo, havia uma outra luz no seu lugar e um ligeiro cheiro a petróleo. Avancei um passo para olhar por cima do seu ombro, mas, antes de o poder fazer, ele tinha-se virado e apontado à minha cara uma pequena lanterna.

— O que é isto? — arfei eu. — Que raio de jogada é que vai fazer?

— Está feito — respondeu ele, com um riso silencioso.

— Com a minha colaboração?

— Receio que sim, Bunny.

— Então, não há ninguém cá em casa?

— Ninguém, a não ser nós.

— Então, foi uma simples zombaria a história do seu amigo na Bond Street que nos podia emprestar dinheiro?

— Nem tudo. É verdade que o Danby é meu amigo.

— Quem?

— O joalheiro cá de baixo.

— O que é que quer dizer? — murmurei, tremendo conforme me ia apercebendo do significado. — Vai roubar dinheiro ao joalheiro?

— Bem, não exatamente.

— Então o quê?

— O equivalente... da sua loja.

Não havia necessidade de mais perguntas. Compreendi tudo apesar da minha estupidez. Ele tinha-me dado montes de pistas e eu não percebera. E ali estava eu, parado a olhar para ele, naquele quarto vazio; e ali estava ele, parado, com a sua lanterna de furta-fogo, a rir-se para mim.

— Um ladrão — arfei. — Você... Você!

— Eu disse-lhe que vivia de expedientes.

— Porque não me disse o que ia fazer? Porque não confiou em mim? Porque teve de mentir?

— Quis dizer-lhe — respondeu. — Estive a ponto disso mais que uma vez. Deve lembrar-se de como o sondei sobre um ato criminoso, embora provavelmente você se tenha esquecido das suas palavras. Na altura, não o levei muito a sério, mas quis testá-lo. Vejo agora que você não estava preparado para isso e não o censuro. A culpa é toda minha. Saia daqui, meu caro rapaz, o mais depressa que puder; deixe o caso comigo. Faça o que fizer, não me denuncie!

Oh, que esperteza! Que esperteza diabólica! Se me tivesse feito ameaças, coação, troça, tudo poderia ter sido diferente. Mas permitiria que o abandonasse no momento crítico. Não me censuraria. Nem sequer me obrigaria a manter segredo. Confiava em mim. Conhecia a minha fraqueza e a minha força, e jogava com ambas com o seu toque de mestre.

— Alto aí — retorqui. — Fui eu que lhe dei a ideia ou ia fazê-lo de qualquer maneira?

— Não de qualquer maneira — disse Raffles. — É verdade que tenho a chave há dias, e quando hoje à noite ganhei ao jogo, pensei em deitá-la fora. Na verdade, não é trabalho para um homem só.

— Está resolvido, então. Vou ajudá-lo.

— A sério?

— Sim... por esta noite.

— O bom e velho Bunny! — murmurou, iluminando-me a cara por um tempo.

No momento seguinte, estava a explicar os seus planos, e eu acenava com a cabeça, como se tivéssemos sido colegas de trabalho toda a vida.

— Conheço a loja — disse em voz baixa. — Tenho lá algumas coisas. Também conheço esta parte de cima; há um mês que está para arrendar, e tenho ordem para olhar por ela. Fiz um duplicado da chave. A única coisa que não sei é como passar daqui para a loja. Penso que não existe nenhum acesso. Podemos arranjar um cá em cima, embora pessoalmente prefira a cave. Se esperar um minuto, já lhe digo.

Incidiu o foco da lanterna no chão, e rastejou até uma janela das traseiras, abrindo-a sem o mais pequeno som. Regressou abanando a cabeça, depois de ter fechado a janela com o mesmo cuidado.

— Era a nossa única hipótese. Sair de uma janela das traseiras e entrar na janela imediatamente abaixo, mas está demasiado escuro para se ver alguma coisa, e não nos podemos arriscar a apontar a lanterna lá para fora. Desça atrás de mim para a cave; e, embora não haja vivalma, lembre-se de que não pode fazer o mais pequeno barulho. Veja... veja... escute!

Era o caminhar ritmado que tínhamos ouvido antes, na calçada. Raffles apagou a lanterna e, mais uma vez, ficámos imóveis até o som se extinguir.

— Ou é um polícia — resmungou — ou um guarda-noturno contratado pelos comerciantes da zona. Temos de vigiar o vigilante. Pagam-lhe simplesmente para evitar qualquer assalto.

Descemos a escada cautelosamente, que rangeu um pouco, e tirámos os sapatos no patamar; depois, descemos mais alguns degraus estreitos de pedra, no final dos quais Raffles acendeu a luz e calçou os sapatos mais uma vez, convidando-me a fazer o mesmo num tom bastante mais alto do que se tinha permitido empregar lá em cima. Estávamos agora consideravelmente mais abaixo do nível da rua, num pequeno espaço com quase tantas portas quanto paredes. Três estavam meio abertas e, através delas, vimos divisões vazias; mas, na quarta, a chave girou e soltou a lingueta. A porta abriu-se para um amplo saguão mergulhado no nevoeiro. Uma porta semelhante estava do outro lado deste espaço. Raffles mantinha a lanterna junto a si, escondendo a luz com o corpo, quando um curto e súbito estrondo me fez parar o coração. No momento seguinte, vi a porta completamente aberta, e Raffles parado no interior, acenando-me com um pé-de-cabra.

— Porta número um — murmurou. — O diabo saberá quantas mais haverá, mas sei que, pelo menos, existem duas. Também não nos devem dar grande trabalho a abrir. Aqui em baixo corremos menos o risco de sermos ouvidos.

Estávamos agora na base de uma réplica exata da escada de pedra estreita que acabáramos de descer. O saguão tinha serventia comum quer para as zonas de habitação, quer para as lojas existentes no edifício. Mas esta série de degraus não levava a nenhuma passagem aberta; em vez disso, no topo, deparámos com uma porta de madeira.

— Bem me parecia — resmungou Raffles, passando-me a lanterna, enquanto guardava no bolso um molho de gazuas com que tentara, em vão, rodar a fechadura. — Vai levar uma hora de trabalho para se conseguir abrir esta porta!

— Nenhuma das gazuas serve?

— Não. Conheço estas fechaduras. Não vale a pena voltar a tentar. Temos de forçar a fechadura. Trabalho para uma hora.

Levou-nos quarenta e sete minutos pelo meu relógio. Melhor, levou a Raffles, e nunca na minha vida tinha visto uma coisa ser tão deliberadamente feita. A minha ajuda resumiu-se a ficar simplesmente com a lanterna numa mão e com um pequeno frasco de petróleo na outra. Raffles tinha uma bela caixa entalhada, destinada obviamente às suas navalhas, só que cheia de ferramentas do seu ofício secreto, incluindo o petróleo. Retirou da caixa uma broca, capaz de furar um buraco de três centímetros de diâmetro, e ajustou-a a um pequeno, mas forte berbequim. Depois despiu o sobretudo e o *blazer*, colocou-os cuidadosamente no degrau de cima, ajoelhou-se sobre eles, arregaçou as mangas e começou a trabalhar com o berbequim perto da fechadura. Mas, primeiro, oleou a broca para diminuir o ruído e fez sempre isto antes de abrir um novo buraco. Foram precisos trinta e dois furos separados para circundar a fechadura.

Reparei que, através do primeiro orifício circular, Raffles enfiou o indicador; depois, conforme o círculo se tornou numa oval maior, enfiou a mão até ao polegar, e ouvi-o praguejar baixo para si mesmo.

— Já receava isto.

— O que é que foi?

— Um portão de ferro do outro lado!

— Como é que vamos conseguir passar? — perguntei, desanimado.

— Forçando a fechadura. Mas podem existir duas. Nesse caso, será uma no topo e outra em baixo, e teremos de fazer dois novos buracos, uma vez que a porta abre para lá. Assim não abre nem cinco centímetros.

Confesso que não me sentia confiante em relação ao forçar de fechaduras, já que só uma nos tinha dado tanto trabalho. E a minha deceção e impaciência ter-me-iam deixado espantado comigo mesmo se tivesse tido ocasião para refletir um pouco. A verdade é que estava a participar na nossa iníqua tarefa com um zelo involuntário de que não me apercebi na altura. A aventura e o perigo de todo o procedimento mantinham-me fascinado e arrebatado. O meu sentido moral e de prudência tinha sido atacado por uma paralisia. E ali estava eu, segurando a luz e o frasco com um interesse mais vivo do que alguma vez estivera numa ocupação honesta. E ali estava A. J. Raffles, ajoelhado, com o seu cabelo negro e desordenado, com a expressão meio sorridente, atenta, calma e determinada, que tão bem conhecia nele quando se preparava para uma aventura!

Por fim, a sequência de buracos estava completa, a fechadura saiu inteira, e um esplêndido braço nu mergulhou até ao ombro pela abertura e através das barras do portão de ferro que estava por trás.

— Agora — murmurou Raffles —, se houver só uma fechadura, será no meio. Que sorte! Aqui está ela! Deixe-me forçar esta e finalmente poderemos entrar.

Retirou o braço, selecionou uma das gazuas do molho, e lá voltou a meter o braço até ao ombro. Era um momento de cortar a respiração. Ouvia o meu coração a pulsar em todo o corpo, o próprio relógio a fazer tique-taque no bolso e, amiúde, o tilintar da gazua. Então, por fim, deu-se um único estalido inconfundível. No minuto seguinte, a porta de mogno e o portão de ferro abriram-se, e Raffles sentava-se numa secretária, enxugando a cara, com a lanterna ao seu lado lançando uma luminosidade constante.

Estávamos agora num vestíbulo vazio e espaçoso por trás da loja, mas separados desta por uma grade de ferro, e à vista da qual me enchi de desespero. Raffles, no entanto, não parecia minimamente desanimado, embora tenha depois pendurado o casaco e o chapéu numa escápula do vestíbulo para examinar a grade com a sua lanterna.

— Não é nada — disse após um minuto de inspeção. — Entraremos num instante, mas há uma porta do outro lado que nos pode dar problemas.

— Outra porta? — gemi. — E como pensa ultrapassar esse obstáculo?

— Forço-a com o pé-de-cabra. O ponto fraco destas grades de ferro é a alavanca, que se puxa. Mas faz barulho, e é aqui que você entra, Bunny. Era para isto que eu precisava de si. Tenho de o mandar lá para cima, para me fazer sinal quando a rua estiver livre. Eu vou consigo e mostro-lhe o caminho.

Bem, podem imaginar como gostei pouco da perspetiva desta vigília a sós; e, no entanto, era algo de bastante estimulante por se tratar de uma operação vital, exigindo a minha participação ativa. Até ali, tinha sido um mero espectador. Agora ia fazer parte do jogo. E essa nova emoção tornou-me mais insensível do que nunca às considerações de consciência e de prudência que já não passavam de letra-morta.

Fui, portanto, para o meu posto, na sala da frente por cima da loja, sem um murmúrio. Havia algumas coisas abandonadas pelo inquilino, que, entretanto, se fora embora, e, felizmente para nós, entre algumas delas encontravam-se estores venezianos, que já estavam descidos. Era a coisa mais fácil do mundo estar quieto a espreitar pelas frinchas, bater duas vezes com o pé a assinalar quando alguém se aproximava ou uma vez quando a rua se encontrava de novo sossegada. Os ruídos lá em baixo, que até eu conseguia ouvir, com exceção de uma primeira pancada metálica, eram na verdade incrivelmente ligeiros, mas paravam logo ao duplo toque do meu sapato. Um polícia passou meia dúzia de vezes perante os meus olhos, e o homem que pensei ser o guarda-noturno ainda mais vezes, durante a maior parte daquela hora que passei à janela. Uma das vezes, na verdade, fiquei com o coração acelerado, mas apenas dessa vez. Foi quando o guarda-noturno parou e espreitou pelo halo luminoso do orifício da fechadura da porta da loja. Esperei pelo seu apito. Esperei pela prisão e pela forca! Mas os meus sinais tinham sido cuidadosamente seguidos, e o homem prosseguiu o seu caminho com uma serenidade imperturbável. Finalmente, chegou a minha vez de receber um sinal. Desci a escada, acendendo fósforos para ver o caminho. Desci também a escada mais estreita, atravessei o saguão e cheguei à sala de entrada onde Raffles me esperava com uma mão estendida.

— Belo trabalho, meu rapaz! — disse. — É mesmo uma pessoa com quem se pode contar e terá a sua recompensa. Vale milhares a pechincha que arranjei. Está tudo nos meus bolsos. E aqui está mais alguma coisa que encontrei neste compartimento: um Porto muito decente e alguns charutos, destinados às reuniões de negócio do pobre diabo Danby. Tire um. Já o poderá acender daqui a pouco. Também descobri um lavatório. Temos de lavar-nos antes de sairmos, pois estou tão preto como as suas botas.

O estore de ferro estava caído, mas ele insistiu em levantá-lo até eu conseguir espreitar pelo vidro da porta do outro lado e apreciar o trabalhinho que fizera na loja. Nesta tinham ficado acesas toda a noite duas luzes e, a princípio, sob aquela luz branca e fria, não me apercebi de que faltasse o que quer que fosse. Atentei num corredor limpo, num balcão de vidro vazio à minha esquerda, em armários de vidro à direita, com pratas que não tinham sido mexidas, e, à minha frente, no fino orifício preto do buraco da fechadura que na rua brilhava como a Lua. O balcão não fora esvaziado por Raffles; o seu conteúdo estava no cofre, que ele nem se dera ao trabalho de forçar; nem tinha olhado para as pratas, exceto para escolher uma cigarreira para mim. Dedicara-se inteiramente à montra da loja. Esta estava dividida em três compartimentos, cada um fechado por painéis removíveis com fechaduras diferentes. Raffles retirara-os e a luz elétrica brilhava sobre uma chapa ondulada nua, como os ossos de uma carcaça. Todos os artigos de valor tinham desaparecido do local que não era visível da pequena janela da porta; tudo o resto estava como se não tivesse sido mexido. E, com exceção de uma série de fechaduras despedaçadas, de uma garrafa de vinho e uma cigarreira, de uma toalha bastante preta no lavatório, de um fósforo queimado aqui e ali, e das nossas impressões digitais nos corrimãos poeirentos, nem mais um vestígio da nossa visita poderia ser encontrado.

— Já magicava este golpe há muito tempo? — perguntei a Raffles enquanto passeávamos vagarosamente rua abaixo, dando ideia a quem nos via de que regressávamos de um baile.

— Não, Bunny, nunca tinha pensado nisto até ter visto o andar de cima vazio há cerca de um mês. Então, comprei algumas coisas na loja para apalpar o terreno. Lembro-me agora de que nunca as cheguei a pagar; mas, juro, pagá-las-ei amanhã; se isto não é honestidade, então o que é? Uma primeira visita mostrou-me o potencial do local, mas a segunda convenceu-me das suas impossibilidades sem um parceiro. Portanto, tinha praticamente desistido da ideia, até que você chegou hoje à noite e com o empenho necessário! Cá estamos no Albany, e espero que a lareira ainda esteja acesa, pois não sei como se sente, Bunny, mas, pela minha parte, estou tão frio como a coruja de Keats.

Ele conseguia pensar em Keats depois de ter praticado uma patifaria! Suspirava pela sua lareira como um pacato cidadão. As minhas entranhas comprimiam-se e a simples referência à nossa aventura provocava-me calafrios. Raffles era um ladrão. Eu ajudara-o a cometer um roubo, portanto também eu era um ladrão. No entanto, pude ficar junto dele e aquecer-me à lareira, enquanto o observava a esvaziar os bolsos como se não tivéssemos feito nada de extraordinário ou de vergonhoso!

O meu sangue congelou. O coração adoeceu. O cérebro rodopiou. Como é que eu tinha gostado deste vilão? Como é que eu o tinha admirado? Agora o meu apreço e admiração deviam transformar-se em desprezo e repulsa. Esperei por essa mudança. Esperava senti-la no meu coração. Mas... desejava e esperava em vão!

Vi que estava a esvaziar os bolsos enquanto sobre a mesa espalhava o seu tesouro. Anéis às dúzias, diamantes numerosos; pulseiras, pingentes, broches, colares; pérolas, rubis, ametistas, safiras; e sempre diamantes, diamantes em tudo, lançando luminosas faíscas, deslumbrando-me, cegando-me, fazendo-me descrer do que os meus olhos viam, porque nunca mais poderia esquecer o que acontecera. A última coisa que tirou de um bolso interior não foi uma joia, claro, mas o meu revólver. E isso fez-me recordar algo. Acho que disse alguma coisa e a minha mão moveu-se. Parece que estou a ver Raffles fitando-me com as sobrancelhas erguidas sobre os olhos claros. Parece que estou a vê-lo a tirar os cartuchos com o seu habitual sorriso cínico e calmo, antes de me devolver a pistola.

— Pode não acreditar, Bunny, mas nunca tinha andado com uma arma carregada. Em geral, acho que proporciona uma certa confiança. No entanto, tornar-se-ia muito incómoda se alguma coisa corresse mal. Uma pessoa pode ser tentada a usá-la, mesmo sem intenção de matar. Às vezes penso que o assassino, depois de ter cometido a proeza, deve sentir-se bastante excitado, pelo menos até que as coisas se comecem a complicar. Não se aflija, meu caro amigo. Nunca experimentei essa excitação e penso que jamais quererei experimentá-la.

— Mas não foi também para si a primeira vez que sentiu a excitação de roubar? — perguntei com voz rouca.

— A primeira vez? Meu caro Bunny, você ofende-me! Dei-lhe o ar de fazer isto pela primeira vez? Mas é claro que já o tinha feito.

— Muitas vezes?

— Bem, não. Pelo menos não tantas que acabassem por dar-me uma sensação de monotonia. E só o faço quando me encontro em apuros financeiros. Ouviu falar nos diamantes Thimbleby? Bem, essa foi a última vez... e não passavam de pedras falsas. Depois houve o negociozinho da casa flutuante de Dormer, em Henley, no ano passado. Esse também foi meu. Contudo, ainda não consegui dar o grande golpe. Quando conseguir, abandono a atividade.

Sim, lembrava-me muito bem dos dois casos. E afinal eram da sua autoria! Era incrível, ultrajante, inconcebível! Depois o meu olhar pousou na mesa, que luzia e faiscava em centenas de sítios. Não podia acreditar!

— Como é que começou? — perguntei, enquanto a curiosidade se transformava em admiração. Ao fascínio que já tinha pelo homem acrescentava-se, a pouco e pouco, o fascínio pela sua atividade de marginal.

— Ah! Isso é uma longa história — disse Raffles. — Foi quando me desloquei às colónias para jogar *cricket.* É uma história demasiado longa para lha contar agora, mas encontrava-me mais ou menos numa situação idêntica à sua, de hoje à noite. Não tinha alternativa. Seria só daquela vez, disse a mim mesmo. Mas, a partir daí, tomei-lhe o gosto. Porque haveria de trabalhar se podia roubar? Para quê meter-me num emprego enfadonho e repulsivo, quando a excitação, a aventura, o perigo e uma vida confortável merecem ser vividos ao mesmo tempo? Claro, esta posição é moralmente condenável, mas não podemos ser todos moralistas. Por outro lado, também é condenável a forma como a riqueza está distribuída. De resto, não passo a vida a roubar. Estou farto de citar os pensamentos de Gilbert, mas eles são profundamente verdadeiros. Só me pergunto se você apreciará a vida tanto como eu!

— Apreciar? — gritei. — Assim não! Não é vida para mim. Uma vez chega!

— Não me ajudaria noutra altura?

— Não me peça, Raffles. Não me peça, pelo amor de Deus!

— No entanto, disse que faria qualquer coisa por mim! Pediu-me que escolhesse o delito! De facto, senti naquela altura que não falava a sério. De qualquer forma, não me atraiçoou esta noite, e isso, por Deus, devia deixar-me satisfeito! Penso que estou a ser ingrato, pouco razoável, e tudo o mais. Devia deixar isto ficar por aqui. Mas você é o homem certo para mim, Bunny, o homem *certo*! Pense só em como nos safámos esta noite. Nem um arranhão, nem uma encrenca! Compreenda que não há nada de mal nisso. E nunca se passaria nada de horrível enquanto trabalhássemos juntos.

Estava parado à minha frente com uma mão em cada um dos meus ombros; sorria como só ele sabia. Rodei os calcanhares, apoiei os cotovelos na prateleira da chaminé, com a cabeça escaldante entre as mãos. No momento seguinte, uma mão ainda mais cúmplice bateu-me nas costas.

— Certo, meu rapaz! Tem toda a razão, eu é que não estava em mim. Não volto a pedir-lhe. Vá-se embora, se quiser, e volte perto do meio-dia para receber o dinheiro. Não irá haver partilha, mas, claro, vou livrá-lo dos seus apuros... Especialmente depois de não me ter abandonado esta noite.

Virei-me outra vez para ele, com febril excitação.

— Volto a fazê-lo — disse, entredentes. Ele abanou a cabeça.

— Você não...! — retorquiu com um sorriso de bom humor perante o meu entusiasmo insano.

— Volto! — exclamei, com uma imprecação. — Dar-lhe-ei uma ajuda sempre que quiser! O que interessa agora? Já estive metido nisso uma vez. Estarei novamente. De qualquer modo, já me entreguei ao diabo. Não posso voltar atrás, e não voltaria se pudesse. O assunto deixa de ter importância! Quando quiser, tem homem à sua disposição.

E foi assim que Raffles e eu formámos uma associação criminosa nos idos de março.

Um disfarce

Toda a Londres se referia na altura a um nome bastante sonante. Reuben Rosenthall ganhara milhões nas minas de diamantes na África do Sul, e tinha regressado a casa para os gozar de acordo com o seu estatuto; quanto aos aspetos biográficos, dificilmente seriam esquecidos por qualquer leitor dos jornais vespertinos, que revelaram inúmeros episódios sobre a sua pobreza inicial e a sua atual prodigalidade, intercalados com interessantes pormenores sobre a forma invulgar com que o milionário se instalara em St. John's Wood. Mantinha uma comitiva de Kaffirs, que eram literalmente seus escravos; e, por isso, passeava com enormes diamantes na roupa e nos dedos, com uma escolta de guarda-costas de odiosa reputação, que, no entanto, não constituíam de forma alguma os piores elementos do pessoal de serviço de Rosenthall. Poder-se-ia dizer que eram mexericos; mas o facto estava suficientemente provado pela interferência, pelo menos uma vez, da polícia, a que se seguiram certas ações judiciais, relatadas com uma satisfação justificável e enormes cabeçalhos nas primeiras páginas dos jornais. E isto era tudo o que se sabia de Reuben Rosenthall até à altura em que o Old Bohemian Club, tendo chegado quase à ruína, achou vantajoso organizar um grande jantar em honra de tão rico representante dos princípios do clube. Não estive no banquete, mas um membro levou como companhia Raffles, que me contou tudo nessa mesma noite.

— Foi o espetáculo mais extraordinário a que já fui na vida. Quanto ao homem em si... Bem, estava preparado para algo grotesco, mas o fulano conseguiu tirar-me o fôlego. Para começar, é um bruto, muito espantoso de se ver, com bem mais de um metro e oitenta, com suíças de um ruivo que você jamais viu. Parece uma bomba a explodir enquanto come e bebe, mas ficou bêbedo apenas ao ponto de nos fazer um discurso a que eu não teria faltado nem por dez libras. Só tenho pena que você não estivesse lá, meu caro Bunny.

Eu mesmo comecei a ter pena, pois Raffles não era uma pessoa que se excitasse facilmente; aliás, nunca o vira assim. Teria ele seguido o exemplo de Rosenthall? A sua vinda ao meu quarto à meia-noite, simplesmente para me descrever o jantar, era em si o suficiente para afastar a suspeita que estava certamente em desacordo com o que eu conhecia de A. J. Raffles.

— O que é que ele disse? — inquiri mecanicamente, adivinhando alguma explicação mais subtil para esta visita e perguntando-me o que é que poderia ser.

— Disse? — proferiu Raffles. — É mais o que é que ele não disse! Vangloriou a sua façanha, alardeou as suas riquezas e insultou a sociedade por o aceitar pelo seu dinheiro, ao mesmo tempo que o afastava por pura má vontade e por inveja de ele possuir tanto. Utilizou também, com a mais encantadora liberdade, palavras injuriosas, e jurou ser tão bom patriota como os melhores, e corajoso como poucos... Bem digno, pois, do Old Bohemian. Para o provar, apontou para um grande diamante na sua camisa, ao pé do peito, com o dedo mindinho ostentando outro idêntico àquele. Qual das nossas emproadas princesas poderia mostrar um par como este? Na verdade, pareciam pedras de enorme valor, com um curioso brilho purpurino, que devem ter custado uma boa fortuna. Mas o velho Rosenthall jurou que não as trocaria por cinquenta mil libras, e queria saber onde havia outro homem que andasse por aí com vinte e cinco mil no peito da camisa e outros vinte e cinco mil no dedo mindinho. Não havia. Se existisse, não teria a coragem de os usar. Mas ele tinha... e contou-nos porquê. E antes de alguém dizer que havia outra pessoa capaz de o fazer, sacou de um enormíssimo revólver!

— À mesa?

— À mesa! A meio do seu discurso! Mas não era nada comparado com o que ele se propunha fazer. Na verdade, queria que o deixássemos escrever o seu nome com balas na parede, para nos mostrar porque é que não tinha medo de andar por aí com todos os seus diamantes! Aquele bruto do Purvis, o guarda-costas dele, teve de assustar o patrão, persuadindo-o a desistir. Por um momento houve bastante pânico: um tipo estava a dizer as suas orações debaixo da mesa e todos os criados fugiram.

— Que cena grotesca!

— Bastante grotesca, mas teria preferido que o tivessem deixado fazer fogo. Ele estava pronto a mostrar-nos como podia tomar conta dos seus diamantes purpurinos. E, como depreenderá, Bunny, eu estava desejoso de assistir a isso.

Raffles inclinou-se para mim, com um sorriso demorado e astuto que, finalmente, me levou a compreender o significado oculto da sua visita.

— Portanto, pensa roubar-lhe os diamantes.

Ele encolheu os ombros.

— É terrivelmente óbvio, admito. Mas... sim, decidi-me a isso! Para ser franco, andei a matutar no assunto durante algum tempo; ouvia-se tanto falar do homem, dos seus guarda-costas e dos seus diamantes, que dava vontade de o assaltar; mas quando o cavalheiro brande um revólver e praticamente desafia toda a gente, então a coisa torna-se inevitável. Está a pedi-las. E eu sinto-me fadado para corresponder à provocação, Bunny. Só tive pena de não me poder levantar e de o dizer logo ali.

— Bem — retorqui —, não percebo o que o desafio tem que ver connosco, mas conte comigo.

O meu tom pode ter demonstrado alguma emoção. Fiz os possíveis para que soasse de forma indiferente. Na verdade, mal tinha passado um mês desde a nossa proeza em Bond Street, e dispúnhamos ainda de meios para nos aguentarmos um tempo. Tínhamo-nos dado muito bem; seguindo o seu conselho, escrevinhara umas coisas; inspirado por Raffles, até fizera um artigo sobre o nosso roubo de joias; e, de momento, estava bastante satisfeito com este tipo de aventura; julguei que era bom estarmos «inativos» e não via vantagem em voltar a correr riscos antes de sermos obrigados a isso. Por um lado, estava ansioso por não mostrar a mais pequena disposição de quebrar a promessa que fizera há um mês. Por outro, não me era manifestamente indiferente o repto que Raffles alvitrara.

— Não percebe, meu caro Bunny? O escritor só escreve quando as necessidades lhe batem à porta? O pintor só pinta como ganha-pão? Devemos nós ser conduzidos ao crime como Tom de Bow e Dick de Whitechapel? Fere-me, meu caro amigo; deve rir, porque falo a sério. «A arte pela arte» é uma frase feita e vulgar, mas confesso que me atrai. Neste caso, os meus motivos são absolutamente inocentes, pois duvido de que alguma vez deitemos a mão a tão invulgares pedras preciosas. Mas se, depois do que se passou nesta noite, não o tento, nunca mais serei capaz de me olhar ao espelho.

Os seus olhos pestanejavam, mas também brilhavam.

— Vamos ter um trabalhão dos diabos! — foi tudo o que consegui dizer.

— E acha que eu gostaria de o fazer se não nos desse trabalho? — indagou Raffles. — Meu caro amigo, se pudesse roubaria a Catedral de São Paulo, mas nunca esvaziaria a gaveta de uma loja quando o dono estivesse distraído, tal como nunca tiraria uma maçã do cesto de uma dona de casa. Mesmo aquele pequeno negócio do mês passado foi um negócio sórdido, mas a necessidade assim nos obrigou e acho que a estratégia desse golpe nos redime bastante. Agora existe algum brio e gosto em assaltar os que se vangloriam da sua máxima segurança. O Banco de Inglaterra, por exemplo, é o lugar ideal; mas seriam necessários doze tipos como nós, já com anos de prática; e, de qualquer forma, Reuben Rosenthall é uma parada suficientemente alta para si e para mim. Sabemos que ele está armado. Sabemos que tem guarda-costas. Não será uma coisa fácil, isso garanto-lhe. E daí, meu caro Bunny, e daí? A astúcia de um homem deve superar a sua capacidade ou, então, para que diabo serve o céu?

— Preferia que, por enquanto, não nos excedêssemos — respondi rindo, pois o seu espírito era irresistível, e a ideia estava a criar raízes dentro de mim, apesar dos meus escrúpulos.

— Confie em mim — foi a resposta. — Eu ajudo-o. Afinal de contas, julgo que os obstáculos são bem visíveis. Esses compinchas bebem como o diabo, o que deve simplificar consideravelmente as coisas. Mas temos tempo para pensar nisso. Provavelmente, devemos descobrir milhares de maneiras de fazer a coisa, e teremos de optar. Isso significa, portanto, ter de vigiar a casa pelo menos durante uma semana; pode significar muitas outras coisas que nos forcem a gastar muito mais tempo; mas dê-me uma semana, e estarei apto a dizer-lhe algo mais. Isto se está mesmo interessado!

— Claro que estou — repliquei imediatamente. — Mas porque é que tenho de lhe dar uma semana? Não podemos vigiar a casa juntos?

— Porque dois olhos são tão bons como quatro, e ocupam menos espaço. Nunca cace aos pares a menos que seja obrigado. Mas não fique ofendido, Bunny; haverá muita coisa que terá de fazer quando chegar a altura, prometo-lhe. Vai ter a sua quota de diversão, não duvide, e um diamante purpurino só para si... Se tivermos sorte.

Porém, esta conversa deixou-me em geral menos que indiferente, e ainda me lembro da inquietação em que fiquei depois de Raffles sair. Vi a loucura da tarefa a que me tinha proposto — a completa, gratuita e desnecessária loucura. E os paradoxos nos quais Raffles se comprazia, e a casuística frívola que era, todavia, semi-sincera, e que a sua simples personalidade tornava completamente plausível no momento em que falava e que tão pouco me entusiasmava quando a repensava calmamente. Admirava o espírito desportivo com o qual parecia estar preparado para arriscar a liberdade e a vida, mas não me sentia por ele contagiado quando refletia friamente. No entanto, não me passava pela cabeça, por um momento que fosse, a ideia de desistir. Pelo contrário, fiquei impaciente com a espera ordenada por Raffles; e, talvez, grande parte do meu secreto desagrado fosse provocado pela sua irritante determinação de passar sem mim até ao último momento.

E não me fazia sentir melhor saber que isto era uma característica do homem e da sua atitude para comigo. Durante um mês fomos, suponho eu, os ladrões mais unidos de toda a Londres e, no entanto, a nossa intimidade era curiosamente incompleta. Com toda a sua franqueza encantadora, havia em Raffles um traço de caprichosa reserva suficientemente percetível para ser bastante irritante. Possuía a reserva instintiva do criminoso inveterado. Fazia mistério de assuntos de preocupação comum; por exemplo, nunca soube quando ou como ele dispôs das joias de Bond Street, à custa das quais ainda mantínhamos um modo de vida elevado quando comparado com centenas de outros jovens cavalheiros da cidade. Ele era consistentemente misterioso acerca disso e de outros pormenores, relativamente aos quais me parecia ter o direito de saber. Só me lembrava de como ele me levara a cometer a primeira patifaria, por meio de uma artimanha, embora estivesse ainda incerto quanto a poder confiar ou não em mim. Disso já não me podia queixar, mas queixava-me agora da sua formalidade para comigo. Não toquei no assunto, mas esse ressentimento acentuava-se mais e mais, cada dia que passava, e atingiu o auge na semana que se seguiu à do jantar de Rosenthall. Quando me encontrava com Raffles, no clube, ele nada me dizia; quando ia ao seu apartamento, ele não estava ou fingia não estar. Um dia disse-me que estava a progredir bem, mas lentamente; era um jogo mais difícil do que a princípio pensara; porém, quando comecei a fazer perguntas, não adiantou nada. Então, irritado como estava, decidi-me de uma vez por todas. Já que ele nada me dizia dos resultados da investigação, tomei a iniciativa de, nessa noite, vigiar o portão de entrada da casa do milionário.

A casa que ocupava era, estou em crer, a maior de todo o bairro de St. John's Wood. Ficava na esquina de duas largas ruas que, como por vezes acontece, não eram itinerários de nenhuma carreira de autocarros. Duvido que existissem locais mais pacatos do que aquele num raio de cinco quilómetros. Sossegada era também a grande casa quadrada, rodeada por um jardim de canteiros, de relva e arbustos. A iluminação era reduzida. O milionário e os seus amigos estavam obviamente a passar a noite noutro local. Os muros do jardim eram relativamente baixos. Num deles havia uma porta lateral que abria para um corredor envidraçado; no outro, dois portões com cinco hastes polidas de ferro, um em cada extremo do pequeno caminho semicircular, e ambos escancarados. O local estava tão calmo que tive a grande tentação de entrar ousadamente e estudá-lo; de facto, estava a ponto de o fazer, quando ouvi umas passadas rápidas e irregulares atrás de mim. Virei-me e deparei com uma carranca escura e os sujos punhos cerrados do mais acabado vagabundo.

— Seu parvo! — disse. — Seu idiota completo!

— Raffles.

— Isso! — murmurou selvaticamente. — Grite o meu nome para toda a vizinhança, denuncie-me com esse vozeirão!

Dito isto, virou-me as costas e foi vacilando pela rua abaixo, encolhendo os ombros e resmungando para si próprio como se eu lhe tivesse recusado dar esmola. Por uns momentos, fiquei parado, espantado, indignado, perdido; depois segui-o. Os seus pés arrastavam-se, com os joelhos pouco firmes, com as costas arqueadas e a cabeça sempre a abanar; era o porte de um homem de oitenta anos. Num dado momento, aguardou por mim entre dois candeeiros. Quando me aproximei, estava a acender tabaco num cachimbo curto e a chama mostrou-me o vislumbre de um sorriso.

— Tem de desculpar a minha fúria, Bunny, mas realmente você foi muito parvo. Aqui estou eu a tentar todos os expedientes... Mendigando numa porta esta noite... Escondendo-me em arbustos na outra... Fazendo todas as coisas, menos ficar parado e pasmado a olhar para a casa como você o fez. Uso disfarces e você aparece com as suas roupas normais. Digo-lhe que eles andam de olho em nós noite e dia. É a noz mais dura de roer que eu já apanhei!

— Bem, se já me tivesse dito isso, não teria vindo. Não me disse mais nada.

Olhou severamente para mim por baixo da aba rasgada do amachucado chapéu de feltro.

— Tem razão — concordou por fim. — Tenho sido muito reservado. É uma segunda natureza minha, quando estou a preparar alguma coisa. Mas vai acabar, Bunny, no que lhe diz respeito. Agora vou para casa, e quero que me siga; mas, pelo amor de Deus, mantenha-se afastado e não volte a falar comigo até eu falar consigo. Pronto... deixe-me dar-lhe algum avanço.

E afastou-se de novo: um vagabundo decrépito, com as mãos nos bolsos, os cotovelos rotos e as abas do casaco rasgadas, balançando andrajosamente de um lado para o outro.

Segui-o até Fincheley Road. Aí, apanhou um autocarro, e eu sentei-me alguns bancos atrás, no primeiro andar, mas não suficientemente longe para escapar ao mau aroma do seu tabaco ordinário. Como levava a peito a sua caracterização — ele que só fumava uma marca especial de charutos! Era o último toque do artista insaciável, e afastou qualquer vergonha que ainda existisse em mim. Uma vez mais, senti-me fascinado por um camarada que nos deslumbrava sempre com uma nova e inesperada faceta da sua personalidade.

Quando nos aproximámos de Picadilly, perguntei-me o que é que ele iria fazer. Certamente que não iria assim vestido para o Albany! Não, apanhou outro autocarro para Sloane Street, eu sentado atrás dele como antes. Em Sloane Street mudámos de novo e estávamos presentemente na longa artéria da King's Road. Ardia de impaciência para saber o nosso destino, mas também não fiquei muito tempo na dúvida. Raffles desceu. Segui-o. Atravessou a rua e desapareceu num canto escuro. Apressei-me atrás dele, e fui a tempo de o ver atirar o esfarrapado casaco para um beco, à direita, ainda mais escuro. Endireitou-se e prosseguiu já com o andar próprio de um homem novo; também, de um modo subtil, já parecia mais respeitável. Mas só estava ali eu como espectador, pois o beco encontrava-se deserto em absoluto e desesperadamente escuro. Mais adiante, abriu uma porta com uma gazua, e lá dentro reinava maior escuridão.

Instintivamente recuei e ouvi-o rir entredentes. Já não nos conseguíamos ver um ao outro.

— Muito bem, Bunny! Desta vez, não há gato escondido. Isto são estúdios, meu amigo, e eu sou um dos inquilinos.

Realmente, no momento seguinte, estávamos num grande aposento com claraboias, cavaletes de pintor, roupeiros, estrado e todos os outros acessórios demonstrativos da natureza do trabalho que ali se fazia. A primeira coisa que vi, assim que Raffles ligou o gás, foi o seu reflexo no chapéu de seda no cabide, ao lado do resto do seu vestuário habitual.

— À procura de obras de arte? — continuou Raffles, acendendo um cigarro e começando a despojar-se dos seus trapos. — Receio que não encontre nenhuma, mas não faltam telas, o que significa que estou em vias de começar um trabalho. Como desculpa, posso dizer que ainda não encontrei o modelo ideal. Acendo o fogão, em princípio, duas vezes por semana, dou uma olhadela, deixo um jornal e o cheiro dos *Sullivans*... E como eles sabem bem depois do tabaco do cachimbo! Entretanto pago a minha renda e sou um bom inquilino em todos os sentidos; e é um *pied-à-terre* muito útil... Escusado será dizer como será vantajoso num aperto. Assim, entra o chapéu de feltro e sai o chapéu alto e ninguém repara em nenhum deles; a esta hora da noite, o mais provável é sermos as únicas almas no edifício.

— Nunca me disse que se disfarçava! — exclamei, observando-o enquanto limpava a caracterização da cara e das mãos.

— Não, Bunny, de facto tenho-o tratado de forma pouco correta. Realmente, não havia razão para que há um mês não lhe tivesse mostrado este refúgio. Verdade se diga que também não calhou. Por outro lado, houve uma altura em que foi bom para ambos o seu desconhecimento quanto ao meu eventual paradeiro. Tenho, como compreende, onde dormir em caso de necessidade e, claro, em King's Road o meu nome não é Raffles. Podemos, pois, contentar-nos com o que temos.

— Entretanto, usa este local para a muda de indumentária?

— É o meu recanto privado — respondeu Raffles. — Disfarces? Nalguns casos são meia vitória, e é sempre agradável saber que, se as coisas piorarem, não preciso necessariamente de ser condenado sob o meu próprio nome. Os disfarces são indispensáveis, servem de proteção. Conduzo todos os meus negócios com o disfarce apropriado. Se assim não fosse, poderia ser vítima de qualquer estratagema. Quanto ao armário cheio de todo o tipo de vestuário, digo à mulher-a-dias que se destina aos meus modelos. A propósito, espero bem ter alguma coisa que lhe sirva, pois amanhã à noite vai precisar de uma vestimenta.

— Amanhã à noite? Porquê, o que é que pensa fazer?

— O golpe — respondeu Raffles. — Tencionava deixar-lhe um bilhete assim que regressasse ao meu quarto, para pedir-lhe que fosse ter comigo amanhã à tarde; então, revelar-lhe-ia o meu plano de campanha e levá-lo-ia, nessa altura, diretamente para a ação. É que, sabe, um jogador com os nervos à flor da pele pode dar cabo de um bom jogo. Essa foi outra das razões para permanecer tão detestavelmente calado. Deve tentar perdoar-me. Não posso esquecer como desempenhou tão bem a sua missão no caso anterior. Aliás, nem lhe dei tempo para recuar. Amanhã à noite, mais do que nunca, recomendo-lhe que esteja calmo e vigilante. Porque não há mesmo comparação entre os dois casos!

— Também me pareceu que era essa a sua opinião.

— É mesmo! Repare, não digo que seja um trabalho impossível. Provavelmente entraremos sem nenhuma dificuldade. O problema está em sairmos de lá. Porque se trata de uma casa sem rei nem roque! — exclamou Raffles, com virtuosa indignação. — Garanto-lhe, Bunny, passei toda a noite de segunda-feira nos arbustos do jardim da casa ao lado, espreitando por cima do muro e, acredite, alguém ficou a pé toda a noite! Não me refiro aos Kaffirs. Não creio que alguma vez se cheguem a deitar, pobres diabos! Não, refiro-me ao próprio Rosenthall e àquela besta de cara pálida, ao guarda-costas, o Purvis. Ficaram a pé e a beber desde a meia-noite, assim que chegaram, até ser dia, quando me fui embora. A propósito, estiveram quase ao pé de mim; vieram passear no jardim e ouvi algo que pode vir a ser-nos útil e fazer Rosenthall falhar o tiro no momento crítico. Sabe o que é um C.I.D.?

— Comprador Ilícito de Diamantes?

— Precisamente. Bem, parece que o Rosenthall era um. Deve ter deixado isso para o Purvis. Seja como for, ouvi o Purvis escarnecer dele e ameaçá-lo com as escarpas de Cape Town. Estou em crer que os nossos amigos não são tão amigos quanto isso. Mas voltemos à nossa ação de amanhã à noite: não há nada de subtil no meu plano. É simplesmente entrar enquanto os tipos não estão e permanecer lá até que voltem. Se for possível, devemos drogar-lhes o uísque. Isso simplificaria tudo, embora não seja um jogo muito limpo; no entanto, temos de nos lembrar do revólver do Rosenthall: não queremos que ele assine o seu nome em nós. Embora com todos aqueles Kaffirs à volta, as nossas possibilidades, quanto a misturar o uísque, sejam mínimas. Um encontro com os gentios pode estragar tudo, se não ocorrer coisa ainda pior. Além disso, temos as damas...

— O diabo é que as há!

— As damas e as suas vozes, capazes de acordar um morto. Temo bastante essa gritaria! Seria fatal para nós. *Au contraire*, se conseguirmos passar despercebidos, será meia batalha ganha. Se Rosenthall ficar bêbedo, cada um de nós ganha um diamante. Se se mantiver sóbrio, em vez disso podemos ganhar uma bala. Esperemos que tal não suceda, Bunny; de resto, nós também não ficaríamos quietos. Enfim, está tudo nas mãos de Deus.

E assim nos despedimos com um aperto de mãos em Picadilly — mais cedo do que eu desejaria. Raffles não me ia convidar para os seus aposentos nessa noite. Disse que tinha como regra deitar-se cedo antes de jogar *cricket*... e outros jogos. As suas últimas palavras foram de recomendação.

— Atenção, só uma bebida esta noite, Bunny. Duas, no máximo, se dá valor à sua vida... e à minha!

Lembro-me da minha servil obediência, e da interminável noite em claro que tive; e dos telhados das casas em frente expostos à madrugada azul-acinzentada de Londres. Perguntei-me se veria outra; foi muito difícil aceitar aquela pequena expedição para que me oferecera de livre vontade.

Eram entre as oito e as nove da noite quando tomámos as nossas posições no jardim da casa ao lado da de Rosenthall. A própria casa estava com as portas e as janelas fechadas, graças ao vergonhoso devasso da casa contígua, que, ao afastar a vizinhança, viera facilitar a nossa ação.

Praticamente libertos de surpresas quanto a sermos vistos ou ouvidos pelos vizinhos, podíamos observar a casa a coberto de um muro com a altura suficiente para espreitar por cima, enquanto uma linda moita de arbustos, em ambos os jardins, nos dava uma proteção adicional. Assim entrincheirados ficámos uma hora, observando um par de janelas de sacada iluminadas, com sombras vagas passando continuamente atrás dos estores, ouvindo o saltar das rolhas, o tilintar dos copos, e um crescendo gradual das vozes lá dentro. A sorte parecia ter-nos abandonado; o dono dos diamantes purpurinos estava a jantar em casa e com enervante lentidão. Pensei que fosse um jantar de festa. Raffles não partilhava dessa opinião. Por fim, verificou-se que ele estava certo. Rodas rolaram no caminho, uma carruagem e uma parelha pararam junto aos degraus; houve uma saída da sala de jantar, e as vozes sonoras ficaram abafadas para de novo se ouvirem no alpendre.

Deixem-me tornar a nossa posição perfeitamente clara. Estávamos sobre o muro, ao lado da casa, mas a pouca distância das janelas da sala de jantar. À nossa direita, um ângulo do edifício cortava diagonalmente em dois o relvado das traseiras; à nossa esquerda, um outro ângulo permitia-nos ver os degraus salientes e a carruagem que esperava. Vimos Rosenthall sair... Vimos sobretudo o brilho dos seus diamantes. Depois veio o guarda-costas; seguidamente, uma senhora com o cabelo que parecia uma esponja de banho; depois outra, e o grupo estava completo.

Raffles inclinou a cabeça e puxou-me para baixo com grande excitação.

— As senhoras acompanham-nos — murmurou. — Formidável!

— Ótimo!

— Para o Gardénia! — berrou o milionário.

— E isto é o melhor de tudo! — exclamou Raffles, endireitando--se enquanto os cascos e as rodas passavam pelos portões e rodavam a uma boa velocidade.

— E agora? — murmurei, tremendo de excitação.

— Vão estar ausentes. Sim, lá vão eles. As janelas da sala de visitas estão abertas para o relvado. Bunny, é o momento. Onde é que estão as máscaras?

Peguei na minha com uma mão que tremia e tentei em vão ficar sereno, e teria dado a vida por Raffles por ele não ter feito qualquer comentário sobre esse pormenor que, seguramente, não lhe passara despercebido. As mãos dele estavam firmes e calmas enquanto me ajustava a máscara. Seguidamente, com igual serenidade, colocou a dele.

— Meu Deus, rapaz — murmurou animadamente —, parece o maior rufia que já vi! Só estas máscaras pregam um susto de morte a qualquer um que se atravesse no nosso caminho. Mas ainda bem que me lembrei de lhe dizer para não fazer a barba. Passa por um tipo de Whitechapel se o pior acontecer e não se esqueça de falar em calão. É melhor rabujar como uma mula, se não tiver a certeza, e deixar o diálogo comigo; mas, se os deuses estiverem do nosso lado, não será preciso chegarmos a essa situação. Bem, está pronto?

— Sim.

— Tem a mordaça?

— Sim.

— A pistola?

— Sim.

— Então, siga-me.

Num instante, tínhamos saltado o muro, no outro, estávamos no relvado atrás da casa. Não havia luar. As próprias estrelas tinham-se ocultado para nosso benefício. Movi-me silenciosamente na peugada do meu chefe na direção de uma das portas envidraçadas que davam para uma varanda baixa. Ele empurrou. Elas abriram-se.

— Novamente com sorte — murmurou. — Pura sorte! Agora, é procurar uma luz.

E a luz apareceu!

Vários bicos elétricos luziram vermelhos por uma fração de segundo e depois brilharam com um branco cruel nos nossos olhos encandeados. Quando recuperámos a vista, quatro revólveres cobriam-nos, e entre dois deles a figura colossal de Reuben Rosenthall estremecia da cabeça aos pés com um riso asmático.

— Boa noite, rapazes — gaguejou. — Estou satisfeito por finalmente os ver! Tu aí à esquerda, mexe um pé ou uma mão e és um homem morto. Estou a falar contigo, ó seboso! — rugiu para Raffles. — Conheço-te. Tenho estado à tua espera. Tenho-te observado toda a semana! Pensavas que eras um espertalhão, não é? Num dia pedindo esmola, no outro um borracho envergonhado, e noutra altura um dos meus velhos amigos de Kimberley, que nunca aparece quando cá estou. Mas deixaste o mesmo rasto todos os dias, meu vivaço, e as mesmas marcas todas as noites, e por todo o lado.

— 'Tá bem, patrão — balbuciou Raffles. — Não se chateie. Apanhou-nos. Não pregamos olho até sabermos como descobriu. Só não vá para os tiros, que a gente não está armada. Deus m'ajude!

— Ah, és do «meio» — disse Rosenthall, com o dedo encostado ao gatilho —, mas deste com um também do «meio».

— Oh, está, estamos a topar tudo! Ladrão que rouba ladrão, n'é?

Os meus olhos tinham sido desviados dos canos pretos redondos, dos malditos diamantes que tinham sido a nossa perdição, da cara de porco pálido do guarda-costas, das bochechas flamejantes e nariz arqueado do próprio Rosenthall. Eu estava a olhar para lá deles, para a entrada cheia de seda palpitante e de pelúcia, rostos negros, globos oculares brancos, cabelos encarapinhados. Mas um silêncio súbito chamou a minha atenção para o milionário. E só o seu nariz mantinha a cor.

— Que é que queres dizer? — murmurou com um praguejar rouco. — Cospe ou, por Cristo, furo-te!

— Qual é o preço desse penasco? — balbuciou Raffles, calmamente.

— Hã?

O revólver de Rosenthall estava bem firme.

— Qual o preço daquele penasco, velho C.I.D.?

— Onde é que diabo ouviste isso? — perguntou Rosenthall, com um vozeirão que mal escondia o facto de estar atrapalhado.

— Bem pode perguntar — disse Raffles. — Em todo o lado onde estive.

— Quem pode ter espalhado tal parvoíce?

— Isso já não sei — respondeu Raffles. — Pergunte ao sôr da sua esquerda, talvez ele saiba.

O senhor à sua esquerda tinha ficado lívido com a emoção. A consciência culpada nunca se declara em termos simples. Por um momento, os seus pequenos olhos arredondaram-se como groselhas no sebo da sua cara; a seguir, embolsou a pistola com um instinto profissional e atirou-se a nós com os punhos.

— Apaga as luzes... Apaga as luzes! — gritou Rosenthall num frenesi.

Era tarde demais. Ainda o guarda-costas não tinha acabado de guardar a pistola e já Raffles saltava pela janela; enquanto eu, por ter ficado parado e calado, fui escrupulosamente deitado ao chão.

Não devo ter estado muito tempo sem sentidos. Quando os recuperei, havia uma grande azáfama no jardim, mas tinha a sala de visitas por minha conta. Sentei-me. Rosenthall e o guarda-costas andavam a correr lá fora, amaldiçoando os Kaffirs e repreendendo-se um ao outro.

— Por cima daquele muro, estou-te a dizer!

— Eu digo-te que era este. Não podes chamar a polícia?

— Diabos levem a polícia! Já tenho que chegue da maldita polícia.

— Então é melhor voltarmos para trás para ter a certeza de que está lá o outro.

— Oh, tem cuidado é com a tua pele. É o melhor que podes fazer. Jala, seu porco, se te apanho a esconderes-te...

Não ouvi o resto da ameaça. Gatinhava sobre as mãos e os joelhos da sala de visitas para fora, com o meu revólver balançando-me na boca, preso pelo guarda-mato.

Por um instante pensei que o *hall* também estava deserto. Enganei-me, e deslizei até a um Kaffir que estava de gatas. Pobre diabo, não podia pensar em derrubá-lo, mas ameacei-o com o meu revólver e deixei-o a ranger os seus dentes brancos no seu rosto escuro quando subi os degraus de três em três. Não posso explicar porque é que subi a escada daquela maneira, como se fosse a minha única hipótese. Mas o jardim e o rés-do-chão pareciam-me cheios de homens, e por ali não teria grandes possibilidades.

Virei para o primeiro quarto que encontrei. Era um quarto vazio, embora com luz acesa; e nunca esquecerei como me assustei quando, ao entrar, deparei com a minha horrível figura de vilão, a todo o tamanho, num espelho de parede! Mascarado, armado e esfarrapado, parecia fadado para levar uma bala ou para cair nas mãos de um carrasco, e entre as duas coisas que viesse o diabo e escolhesse. Apesar disso, escondi-me no armário por trás do espelho, e aí fiquei tremendo e amaldiçoando o meu destino, a minha loucura, e principalmente Raffles — Raffles em primeira e em última instância —, penso que durante meia hora. Então a porta do armário foi subitamente aberta — tinham entrado no quarto sem qualquer ruído — e eu fui arrastado pela escada abaixo, como um miserável cativo.

No *hall* seguiram-se cenas brutais. As senhoras estavam outra vez presentes e, à vista do criminoso desesperado, gritaram ao mesmo tempo. Na verdade, devo-lhes ter dado um bom motivo, embora a minha máscara tivesse sido arrancada, escondendo só a minha orelha esquerda. Rosenthall respondeu aos gritos delas com um berro a pedir silêncio; a mulher com o cabelo que parecia uma esponja de banho praguejava de forma aguda com ele. O local tornou-se numa Babel impossível de descrever. Lembro-me de me interrogar quanto tempo levaria a polícia a aparecer. O guarda-costas e as senhoras queriam chamá-la para me entregarem. Rosenthall não queria saber disso. Gritava que mataria homem ou mulher que saísse da vista dele. Já estava farto da polícia. Não os ia ter ali a estragar-lhe o jogo; ia tratar de mim à sua maneira. Com isso, arrancou-me de todas as outras mãos, lançou-me de encontro à porta, e atirou uma bala que se aninhou na madeira a um centímetro da minha orelha.

— Seu parvo bêbedo! Isso é assassínio! — gritou Purvis, o guarda-costas, metendo-se no meio pela segunda vez.

— O que é que tu tens com isso? Ele está armado, não está? Eu mato-o em legítima defesa. Será um aviso para os outros. Sais daí ou também queres uma?

— Estás bêbedo que nem um cacho — disse Purvis, ainda entre nós. — Já te vi beber um copázio bem cheio desde que chegaste. Recompõe-te, meu velho. Não vás fazer uma coisa de que te arrependas mais tarde.

— Então não atiro sobre ele, mas vou dar uns tiros à volta do patife. Tens razão, meu velho. Não vou feri-lo. Que grande erro. Só à volta. Vê... assim!

A sua pata sardenta disparou por cima do ombro de Purvis, um brilho malva veio do seu anel, um relâmpago vermelho do seu revólver enquanto os guinchos das mulheres iam diminuindo. Algumas lascas de madeira alojaram-se no meu cabelo.

Logo a seguir, o guarda-costas desarmou-o; mas se me tinha safado de uma, estava condenado a outra. Um polícia estava no meio de nós. Tinha entrado pela janela da sala de visitas; era um guarda de poucas palavras e inegável presteza. Num abrir e fechar de olhos tinha as algemas nos pulsos, enquanto o guarda-costas explicava a situação e o seu patrão injuriava a polícia e os seus agentes com impotente veemência. Uma excelente vigilância; trabalharam muito bem; chegaram quando tudo estava terminado; todos os moradores podiam ter sido mortos, enquanto eles dormiam.

O guarda só se dignou a reparar nele quando caminhou na minha direção.

— Sabemos tudo sobre si, senhor — disse desdenhosamente, recusando a libra de ouro oferecida por Purvis. — Vai ver-me outra vez, senhor, em Marylebone.

— Devo ir agora?

— Como desejar. Acho que o outro senhor precisa mais de si, e penso que este jovem não lhe dará mais problemas.

— Oh, eu vou sem problemas — respondi-lhe.

E fui.

Em silêncio, atravessámos talvez uns cem metros. Devia ser meia-noite. Não encontrámos uma alma. Por fim, murmurei:

— Como diabo é que conseguiu isso?

— Pura sorte — respondeu Raffles. — Consegui safar-me, pois conhecia cada tijolo do muro do jardim das traseiras, e a sorte dupla de ter este uniforme, junto com os outros, em Chelsea. O capacete é de uma coleção que fiz em Oxford. Agora, temos de saltar este muro, e é melhor tirarmos o uniforme e o cinto antes que encontremos um guarda verdadeiro. Arranjei-os uma vez com o pretexto falso de um baile de máscaras. Sempre pensei que viriam a ser úteis em qualquer ocasião. A minha principal dificuldade esta noite foi livrar-me do táxi que me trouxe aqui de volta. Mandei-o para a Scotland Yard com dez xelins e uma mensagem especial para o velho Mackenzie. Todos os detetives do departamento estarão na casa de Rosenthall dentro de meia hora. É claro que fiz uso do sentimento de ódio à polícia que o nosso cavalheiro nutre... Outra parcela enorme de sorte. Se você tivesse fugido, ótimo; se não, achei que ele era o tipo de homem que fica a brincar com a sua presa. Sim, Bunny, foi uma mascarada maior do que eu pretendia, e saímos dela com pouca glória. Mas tivemos mesmo muita sorte em nos safarmos.

Cavalheiros e jogadores

O velho Raffles pode ou não ter sido um criminoso excecional, mas como jogador de *cricket* ouso jurar que era único. Sendo ele um perigoso manejador da pá, um competidor brilhante e talvez o melhor jogador da sua década, por incrível que pareça não manifestava grande interesse pelo jogo em geral. Nunca ia para o Lord's sem o saco de *cricket*, nem mostrava o mínimo interesse no resultado de um jogo em que não estivesse envolvido. Não se tratava de um mero e detestável egoísmo da sua parte. Confessava ter perdido todo o entusiasmo pelo jogo e só o praticava por razões de pouca importância.

— O *cricket* — dizia Raffles —, como tudo o mais, é um desporto suficientemente bom até que se descobre outro melhor. Como propiciador de emoções, se compararmos com outras áreas, Bunny, não é das coisas melhores, e a própria comparação é em si aborrecida. Só interessa praticá-lo para manter uma certa forma física e uma boa agilidade mental. Nada, porém, que se compare com a nossa «atividade». Mas eu não iria amanhã ao *cricket*, Bunny, se não fosse pelo prestígio que dá a uma pessoa com as minhas propensões.

— Como assim? — perguntei. — Vai ser visto por muita gente, o que não é muito seguro, nem sequer recomendável.

— Meu caro Bunny, é precisamente aí que se engana. Para se fazer carreira na vida do crime, com razoável impunidade, deve-se simplesmente ter uma intensiva vida social... Quanto mais social, melhor. O princípio é óbvio. O Sr. Peace, de pia memória, desfez suspeitas ao adquirir uma reputação local por tocar rabeca e domesticar animais, e é minha profunda convicção que Jack, o Estripador, não passava, na realidade, de um homem eminentemente público, cujos discursos eram provavelmente relatados ao mesmo tempo que as suas atrocidades. Pague as contas nalgum local chique e nunca mais será suspeito de levar uma vida dupla, de reputado criminoso. É por isso que quero que se dedique ao jornalismo, meu rapaz, e assine o máximo de artigos. E essa é a única razão por que não deito na lareira a minha pá de *cricket.*

Todavia, quando jogava, não havia melhor jogador em campo, nem nenhum mais ansioso por obter o melhor resultado. Era um prazer acompanhá-lo a todos os seus jogos, observar cada bola que lançava, jogava ou intercetava, e estar no pavilhão a conversar com ele nos intervalos. Bem gostaria que o leitor nos tivesse visto, lado a lado, após uma partida que se desenrolou numa segunda-feira do mês de julho. Visto, mas não ouvido, pois, na verdade, Raffles não conseguira marcar, e estava incrivelmente zangado se tivermos em conta a sua confissão de ser um jogador que se interessava pouco pelo jogo. Meramente taciturno comigo, ele foi significativamente rude para com diversos participantes que lhe vinham manifestar o seu espanto por aquilo ter acontecido ou para aqueles que vinham trazer uma palavra de simpatia pela sua pouca sorte; ali estava ele sentado, com um chapéu de palha quase a tapar-lhe o nariz e um cigarro enfiado entre os lábios, que se torciam desagradavelmente em comentários mudos. Fiquei, assim, muito surpreendido quando um jovem com ar requintado chegou e se meteu entre nós, recebendo um acolhimento perfeitamente civilizado, apesar daquele à-vontade. Não conhecia o rapaz, nem Raffles nos apresentou; mas a conversa deles revelava uma ligação recente. O facto de não ser íntimo, paradoxalmente associado ao à-vontade manifestado pelo rapaz, deixou-me perplexo. A minha confusão atingiu o auge quando Raffles foi informado de que o pai do outro estava ansioso para o conhecer, ao que prontamente acedeu em satisfazer esse desejo.

— Ele está na zona destinada às senhoras. Quer ir lá agora?

— Com prazer — respondeu Raffles. — Guarde-me o lugar, Bunny.

E foram-se embora.

— É o jovem Crowley — disse uma voz, lá para trás. — Fez parte da equipa de Harrow, no ano passado.

— Recordo-me dele. O pior da equipa.

— Apesar disso, um entusiasta jogador de *cricket*. E, pelo menos, esforçou-se muito para conseguir resultados. Tem estilo. Ainda se há de fazer!

O jogo estava a maçar-me. Só tinha vindo para ver o velho Raffles atuar. Começava a desejar o seu regresso. Por fim, vi-o a acenar-me da paliçada, à direita.

— Quero apresentá-lo ao velho Amersteth — murmurou, quando me aproximei. — Têm uma semana de *cricket* no mês que vem, quando o jovem Crowley atingir a maioridade. Temos de ir jogar.

— Temos?! Mas eu não sou jogador de *cricket*!

— Esteja calado — cortou Raffles. — Deixe isso comigo. A minha reputação tem vivido à base de mentiras — acrescentou lugubremente, quando atingíamos o topo da escada. — Espero que não me deixe ficar mal.

Havia nos seus olhos aquele brilho que eu tão bem conhecia de outras ocasiões, mas não estava preparado para aquelas andanças desportivas. E foi com muitos pressentimentos e conjeturas que segui o meu amigo através do vasto campo de flores que enfeitava os chapéus das senhoras.

O Lorde Amersteth era um homem de muito bom aspeto, com um bigode curto e queixo duplo. Recebeu-me com seca cortesia, facto que não o tornava muito simpático. Fui aceite como o apêndice inevitável do valioso Raffles, com o qual me sentia profundamente exasperado enquanto trocava cumprimentos.

— Fui muito ousado — disse o Lorde Amersteth — em convidar um famoso jogador a fazer-nos uma demonstração de *cricket* no mês que vem. Foi extremamente amável em nos comunicar que nada lhe daria maior prazer, se não fosse a ida à pesca que já combinara com o senhor... senhor... — repetiu, não conseguindo lembrar-se do meu nome.

Era, naturalmente, a primeira vez que ouvia falar dessa ida à pesca, mas apressei-me a dizer que facilmente poderia, e certamente deveria, ser desmarcada. Um brilho de aprovação surgiu entre as pestanas de Raffles. O Lorde Amersteth inclinou-se e encolheu os ombros.

— É muito amável da sua parte — agradeceu. — Mas, diga-me, o senhor também é jogador de *cricket*?

— Foi o melhor jogador na escola — afirmou Raffles, com uma prontidão descarada.

— Nem por isso — gaguejei entretanto.

— Como assim, o melhor? — perguntou o Lorde Amersteth.

— Isso é um exagero — repliquei.

— Ele é muito modesto — afirmou Raffles, para meu horror.

— Bem, bem, nem todos podem jogar nas melhores equipas — concedeu o Lorde Amersteth astutamente. — O meu filho Crowley não era grande coisa na equipa de Harrow e vai jogar. Até eu posso ser suplente. Portanto, não vai ser o único amador, se é que o é, e eu ficarei muito satisfeito se aparecer e também der a sua contribuição. Poderá ir pescar antes do pequeno-almoço e depois do jantar, se quiser.

— Teria todo o gosto... — comecei, como mero prelúdio para uma desculpa. Raffles encarou-me com os olhos muito abertos. Hesitei debilmente e acabei por aceder, sentindo que era a minha perdição.

— Então, está combinado — assentiu o Lorde Amersteth, com um ligeiro traço de severidade. — Vai ser uma semana intensa, sabe, quando o meu filho atingir a maioridade. Jogamos com os *Free Foresters*, os *Dorsetshire Gentleman* e, provavelmente, também com algum clube local. Mas o Sr. Raffles contar-lhe-á tudo, e o Crowley confirmará. Fico a contar com ambos.

E, com um pequeno aceno, o Lorde Amersteth levantou-se e dirigiu-se para o corredor de saída.

Raffles também se levantou, mas agarrei a manga do seu *blazer*.

— O que é que está a magicar? — murmurei, furioso. — Não vê que só joguei uma vez por outra, por desporto? Isso não faz de mim jogador de *cricket*. Tenho de livrar-me deste sarilho.

— Nem pensar — murmurou, por sua vez. — Não precisa de jogar, mas tem de ir. Se esperar por mim depois das seis e meia, digo-lhe porquê.

Mas eu podia adivinhar; e lamento ter de confessar que isso me revoltava muito menos do que fazer figura de parvo em público, num campo de *cricket*. Era esta situação, e não a minha participação em atos delituosos, que me fazia revolver as entranhas. Como se pode calcular, o meu humor não era dos melhores enquanto passeava pelo recinto e Raffles desaparecia no pavilhão. Nem o meu aborrecimento diminuiu com o breve encontro que testemunhei entre o jovem Crowley e o seu pai, que encolheu os ombros e lhe transmitiu algumas informações que fizeram o jovem ficar perplexo. Podia ser simples paranoia da minha parte, mas poderia jurar que se referiam à impossibilidade de conseguirem contar com a presença do prestigiado Raffles sem o seu insignificante amigo.

Então, tocou a campainha e subi até ao topo do pavilhão para observar Raffles a jogar. Lá em cima não se perdem nenhumas subtilezas do jogo e, se alguma vez um lançador as teve, foi A. J. Raffles nesse dia, como realmente todo o mundo do *cricket* se lembra. Não era preciso ser-se um jogador de *cricket* para apreciar o seu comando perfeito de lançar e romper, o seu belo e fácil movimento; numa palavra, a infinita versatilidade com que conduzia os seus ataques. Não era a simples exibição de proeza atlética, era um prazer intelectual, e este aspeto assumia particular relevância aos meus olhos. Percebi o traço de união entre aquele jogo e o nosso «jogo», compreendi-o naquela tarde de luta incansável contra a flor do *cricket* profissional. Não é que Raffles conseguisse muitas marcações nalgumas ofensivas. O que admirei, e o que me ficou na memória, foi a combinação de iniciativa e habilidade, de paciência e precisão, de trabalho duro e engenho, num todo artístico. E isso era bem o estilo desse outro Raffles que só eu conhecia!

— As coisas não me correram mal hoje à tarde — confessou-me, depois, na cabina. — Com um atirador que me ajudasse, teria conseguido qualquer coisa de espetacular. Quanto àquele convite, aceitei-o por perversidade. Nada me irrita mais do que comentarem criticamente o meu *cricket* como se eu fosse um profissional.

— Então porque é que quer ir?

— Para os castigar e... porque vamos estar bastante tesos, Bunny, antes de a estação acabar!

— Ah! — exclamei. — Logo vi que era qualquer coisa desse género.

— Claro que era! Parece que vão ter um demónio de uma semana... Bailes, jantares, reuniões janotas, feiras de vaidades... E, obviamente, também uma casa cheia de joias. Diamantes em abundância! Por regra, nada me levaria a abusar da minha posição de hóspede. Nunca o fiz, Bunny. Mas, neste caso, fomos convidados como quem contrata criados ou uma orquestra para abrilhantar a festa e, por Cristo, teremos de fazer valer os nossos direitos! Vamos jantar sossegadamente a qualquer lado e trocar impressões sobre isso.

— Parece-me que vamos falar de um vulgar roubo — não consegui evitar dizer; e a este meu simples protesto, Raffles deu a sua imediata concordância.

— É um roubo vulgar — confirmou. — Mas não posso evitá-lo. Estamos a ficar novamente, e também de uma forma vulgar, sem dinheiro, e temos de pôr cobro a essa situação. Além disso, esta gente merece-o e pode dar-se a esse luxo. E não venha com a convicção de que tudo será simples; nada será mais fácil do que arranjar algum material, e nada mais difícil do que evitar toda a suspeita, como, claro, nós fazemos. Poderemos talvez resolver o problema, no local, com um bom plano. Quem sabe? Em qualquer dos casos, ainda temos algum tempo para pensarmos nisso.

Como decorreu esse «algum tempo» será maçada que não darei ao leitor, bastando dizer que o «pensar» foi inteiramente feito por Raffles, que nem sempre se dava ao trabalho de me comunicar os seus pensamentos. A sua reserva, no entanto, já não me irritava. Comecei a aceitá-la como uma convenção necessária a estes pequenos empreendimentos. E, depois da nossa última aventura do género, em específico o meu *dénouement*, a minha confiança em Raffles era demasiado firme para ser posta em causa pela sua pouca confiança em mim, sentimento que admito ser ditado mais pelo meu instinto de criminoso do que por um sério juízo sobre o homem.

Foi na segunda-feira, dez de agosto, que viajámos para Milchester Abbey, em Dorset, embora desde o início do mês nos encontrássemos já nesse condado, com material de pesca nas mãos. O propósito era obter uma rápida reputação local como pescadores decentes e alguns conhecimentos na região, com vista a operações posteriores e mais pensadas, caso a semana para que tínhamos sido convidados se revelasse inútil. Havia ainda um outro propósito que Raffles não exteriorizou até me apanhar lá. Tratava-se de me treinar para o jogo. Assim, durante alguns dias, em prados e relvados, fez-me praticar *cricket*. De tal forma que, no final desse tempo, eu, que nunca fora jogador de *cricket*, pelo menos aproximei-me muito de o ser.

Um acontecimento insólito ocorreu logo no início de segunda-feira. Tínhamos saído de um pequeno cruzamento desolado, a alguns quilómetros de Milchester, quando fomos apanhados por um aguaceiro. Procurámos abrigo numa estalagem. Um homem vestido de modo colorido e espaventoso estava a beber na pequena sala de visitas, e podia jurar que foi ao vê-lo que Raffles recuou para a soleira da porta e, depois, insistiu em regressar à estação debaixo de chuva. Assegurou-me, no entanto, que o odor da cerveja rançosa quase o tinha deitado abaixo. E eu tive de me contentar com o seu olhar preocupado e meditativo e as suas sobrancelhas franzidas.

Milchester Abbey era um grande edifício cinzento, quadrangular, implantado numa rica zona arborizada, e cintilando com as três filas de belas janelas, cada uma das quais parecendo iluminar-se à medida que chegávamos. Estávamos mesmo a tempo de nos vestirmos para o jantar. A nossa carruagem rodava por debaixo de não sei quantos arcos triunfais meio inacabados e passou por tendas e paus de bandeira de um campo de *cricket* de bom aspeto, no qual Raffles tencionava jogar à altura da sua reputação. Mas os principais sinais da festa estavam no interior, onde deparámos já com uma enorme assembleia que reunia mais pessoas da alta sociedade do que alguma vez encontrara em qualquer festa. Confesso que me senti confrangido. A nossa missão e os meus próprios embustes faziam-me sentir pouco à-vontade num meio a que, algumas vezes, me vangloriara de pertencer; e tenho uma sinistra recordação do meu alívio quando por fim foi anunciado o jantar. Estava bem longe de calcular que essa seria uma provação bem maior.

Quis o destino que eu acompanhasse uma formidável jovem. Na verdade, comecei por abençoar a minha boa sorte neste aspeto. A menina Melhuish era simplesmente a filha do reitor e só fora convidada para acertar os pares de convidados. Foi ela quem me informou do facto antes de a sopa ter chegado, e a sua conversação subsequente foi caracterizada pela mesma candura encantadora. Tinha um pouco a mania de prestar informações. Eu só tinha de ouvir, acenar e agradecer. Quando confessei saber pouco sobre quem estava presente, a minha companheira indicou-me quem era cada convidado, começando pela minha esquerda, percorrendo conscienciosamente toda a sala até chegar à pessoa à sua direita. Isto durou bastante tempo, e realmente suscitou o meu interesse, embora os temas seguintes me deixassem indiferente; e, obviamente para recapturar a minha infiel atenção, a menina Melhuish perguntou-me, num murmúrio e em tom confidencial, se eu conseguia guardar um segredo.

Disse-lhe que sim, até que se seguiu outra pergunta, num tom ainda mais baixo e emotivo:

— Tem medo de ladrões?

Ladrões! Por fim, despertei. A palavra apunhalou-me. Repeti-a numa interrogação horrorizada.

— Até que enfim que encontrei alguma coisa que o interesse! — replicou a menina Melhuish num triunfo ingénuo. — Sim, ladrões! Mas não fale tão alto. É um grande segredo. Realmente, nem deveria contar-lho.

— Mas o que há para dizer? — murmurei, com impaciência aceitável.

— Promete não contar nada?

— Claro!

— Bem, há ladrões nas vizinhanças.

— Roubaram alguma coisa?

— Ainda não.

— Então, como sabe?

— Já foram vistos aqui na zona. Dois ladrões londrinos bem conhecidos!

Dois! Olhei para Raffles. Já o fizera inúmeras vezes nessa noite, invejando a sua boa disposição, os seus nervos de aço, a alegre inteligência, a calma perfeita, o autodomínio. Mas agora tinha pena dele enquanto o observava, sentado a comer e a beber, e a rir, e a conversar, sem uma nuvem de medo ou embaraço no seu perfeito e audacioso rosto. Peguei no meu copo de champanhe e esvaziei-o.

— Quem é que os viu? — perguntei, então, calmamente.

— Um detetive. Foram seguidos desde que abandonaram a cidade há uns dias. Acredita-se que tenham Abbey como alvo.

— Mas porque não foram presos?

— Foi exatamente o que perguntei ao meu pai quando vínhamos para aqui. Ele respondeu-me que para já não existe um mandado de captura contra os homens. A única coisa que se pode fazer é observar os seus movimentos.

— Oh! Então, estão a ser observados?

— Sim, por um detetive que está cá com esse propósito. E ouvi o Lorde Amersteth dizer ao meu pai que tinham sido vistos esta tarde em Warbeck Junction.

Exatamente o local onde Raffles e eu apanháramos o aguaceiro! A nossa fuga em pânico da estalagem estava agora explicada; por outro lado, já não iria ser tomado de surpresa por qualquer coisa que o meu companheiro me pudesse dizer; e consegui encará-la com um sorriso.

— Isto é realmente muito excitante, menina Melhuish — retorqui. — Posso perguntar como ficou a saber tanto sobre o assunto?

— Pelo meu pai — foi a resposta confidencial. — O Lorde Amersteth consultou-o, e ele consultou-me a mim. Mas, pelo amor de Deus, não deixe isto espalhar-se! Não consigo perceber o que me levou a contar-lhe!

— Pode confiar em mim, menina Melhuish. Mas não está com medo?

Ela riu-se nervosamente.

— Nem um pouco! Eles não vêm à reitoria. Não há lá nada para eles. Mas olhe à volta da mesa; olhe para os diamantes. Olhe só para o colar da *lady* Melrose!

A marquesa viúva de Melrose era das poucas pessoas que seria desnecessário apontarem-me. Estava sentada à direita do Lorde Amersteth, exibindo a sua corneta acústica, e bebendo champanhe com o seu habitual e notório à-vontade, uma mulher tão sofisticada e amável como era raro encontrar-se. Um colar de diamantes e safiras rodeava o seu amplo decote.

— Dizem que vale pelo menos cinco mil libras — continuou a minha companheira. — A *lady* Margaret confirmou-mo esta manhã (aquela é a *lady* Margaret, ao lado do senhor Raffles, veja); e aquela amável senhora vai usá-lo todas as noites. Pense no rombo que eles fariam! Não nos sentimos propriamente em perigo na reitoria.

Quando as senhoras se levantaram, a menina Melhuish pediu--me para renovar a promessa de segredo; e penso que sentia alguns remorsos pela sua indiscrição, embora envaidecida pela importância que indubitavelmente isso lhe tinha dado aos meus olhos. A vaidade é incontinente e pela boca morre o peixe, embora, na realidade, se não existisse o humano e geral desejo de impressionar o ouvinte, não haveria qualquer tipo de conversa. A particularidade da menina Melhuish foi ter querido captar a minha atenção a qualquer custo. E quanta atenção conseguira ela!

Poupo ao leitor a descrição dos meus sentimentos nas duas horas seguintes. Bem me esforcei para conseguir trocar umas palavras com Raffles, mas de todas as vezes falhei. Na sala de jantar, ele e Crowley acenderam os seus cigarros com o mesmo fósforo e ficaram todo o tempo numa conversa exclusiva. Na sala de visitas tive a mortificação de ouvi-lo falar interminavelmente para a corneta acústica da *lady* Melrose, que ele conhecera na cidade. Finalmente, na sala de bilhar, participou num prolongado jogo, enquanto eu me sentava num lugar afastado, na companhia maçadora de um sisudo escocês que, mal concluíra o jantar, se colara a mim para falar unicamente dos recentes avanços da fotografia instantânea. Não viera para participar nos jogos (disse-me), mas para fazer uma série de fotografias das partidas de *cricket*, como nunca se fizera, e conforme incumbência do Lorde Amersteth. Não consegui perceber se era fotógrafo amador ou profissional. Lembro-me, no entanto, de libertar a minha atenção esporadicamente, para distrair o olhar noutros pontos da sala e porque estava saturado do fotógrafo e de fotografia. Por fim, terminou a longa provação: os copos ficaram vazios, toda a gente apresentou as boas-noites e eu segui Raffles até ao seu quarto.

— Está tudo acabado! — arfei, enquanto ele acendia o gás e eu fechava a porta. — Estamos a ser vigiados. Fomos seguidos desde a cidade. Há um detetive aqui no local!

— Como é que sabe? — perguntou Raffles, virando-se para mim bastante abruptamente, mas sem o mais pequeno terror. E contei-lhe como tinha sabido.

— Claro — acrescentei. — Era o tipo que nós vimos na estalagem esta tarde.

— O detetive? — perguntou Raffles. — Quer dizer, Bunny, que não sabe distinguir um detetive de um vulgar cidadão?

— Se não era aquele, quem é então?

Raffles abanou a cabeça.

— Pensar que esteve a falar com ele durante uma hora na sala de bilhar, e não descobriu o que ele fazia!

— O fotógrafo escocês! — parei, aterrado.

— Ele é escocês — afirmou Raffles. — E pode ser fotógrafo. Mas é também o inspetor Mackenzie, da Scotland Yard... O mesmo homem a quem mandei a mensagem naquela noite de abril passado. E, estando a conversar com ele durante uma hora, não foi capaz de descobrir quem ele era. Oh, Bunny, Bunny, vê-se bem que você não tem vocação para o crime!

— Mas se aquele era o Mackenzie — interrompi —, quem era o tipo de quem fugiu em Warbeck?

— O homem que ele está a vigiar.

— Mas é a nós que ele vigia!

Raffles observou-me com um olhar piedoso, e voltou a abanar a cabeça antes de me estender a cigarreira aberta.

— Não sei se é proibido fumar nos quartos, mas é melhor fumar um para aguentar firmemente as duras palavras que lhe vou dizer.

Permiti-me uma gargalhada.

— Diga o que quiser, meu caro amigo, se realmente não somos nós os alvos do Mackenzie.

— Pois, sim, está claro, só um Bunny tolo suporia, por um momento, que seria assim! Pensa, na verdade, que ele se sentava ali e observava intencionalmente o seu homem a jogar bilhar, a poucos metros de distância? Bem, podia; é um tipo frio, o Mackenzie; mas eu não sou suficientemente frio para ganhar um jogo de bilhar em tais condições. Pelo menos, acho que não; seria interessante experimentar. A situação, tal como se apresentava, já não permitia muito descanso, embora eu soubesse que ele não estava a pensar em nós. Crowley contou-me tudo depois do jantar, está a perceber, e eu mesmo tinha visto um dos homens esta tarde. Pensou que fora a presença de um detetive que me fizera retroceder na estalagem. Realmente não sei porque não lhe disse na altura, mas foi precisamente o oposto. Aquele bruto grosseiro de cara avermelhada é um dos ladrões mais espertos de Londres. Bebi uma vez um copo com ele e com um amigo comum. Eu era, na altura, um residente do East End da cabeça aos pés, mas compreenderá que não corro o risco desnecessário de ser reconhecido por um bruto daqueles.

— Ouvi dizer que ele não está sozinho.

— De maneira nenhuma; há, pelo menos, mais um homem com ele; e já se sugere que pode haver um cúmplice aqui na casa.

— Foi o Crowley quem lhe falou nisso?

— O Crowley e o champanhe, juntos. Em confidência, claro, tal como a rapariga fez consigo; mas, mesmo em confidência, nunca se referiu ao

Mackenzie. Disse-me que havia um detetive entre as pessoas, e nada mais. Pô-lo como um convidado é, evidentemente, o grande segredo deles, de modo que os demais não se sentissem ofendidos com a sua presença. Ele está aqui para vigiar sobretudo os criados. Esta é a minha leitura da situação, Bunny, e vai concordar comigo que é infinitamente mais interessante do que aquilo que nós poderíamos ter imaginado.

— Mas infinitamente mais difícil para nós — retorqui, com um suspiro de alívio pusilânime. — Estamos de mãos atadas para o resto da semana, para todos os efeitos.

— Não necessariamente, meu caro Bunny, embora admita que temos poucas chances. No entanto, também não estou muito certo disso; existem todos os tipos de hipóteses nestas condições complexas. Se A vigia B, não lhe sobrará um olho para C. Esta é a suposição óbvia, mas também o Mackenzie é um grande A. Lamentaria não dispor de qualquer trunfo com esse homem dentro de casa. Porém, seria ótimo aparecer no meio de A e B e batê-los a ambos ao mesmo tempo! Valeria a pena correr o risco, Bunny, para conseguir isso; valeria a pena arriscar alguma coisa simplesmente para levar a melhor sobre o veterano B e os seus homens. Um golpe no golpe! Eh, Bunny? Seria quase como uma partida de *cricket*! Os *Gentlemen* contra os *Players*, sendo o árbitro inimigo!

Os seus olhos estavam mais brilhantes do que alguma vez me fora dado observar. Brilhavam com o entusiasmo perverso ante a perspetiva de uma aventura audaciosa. Descalçou os sapatos e começou a passear no quarto com silenciosa rapidez; desde a noite daquele jantar de Reuben Rosenthall no Old Bohemian Club que Raffles não manifestava tal excitação na minha presença; e eu não lamentava o facto de não lhe lembrar o fiasco de que aquele banquete fora o pronúncio.

— Meu caro A. J. — disse, imitando-lhe o tom de voz. — Você gosta em demasia do jogo arriscado. Pode vir a ser vítima unicamente por esse espírito desportivo. Aprenda a lição da nossa última aventura e arrisque-se menos se aprecia a nossa segurança. Examine à vontade e cuidadosamente os hábitos e a topografia da casa, mas não vá enfiar a sua cabeça na boca do Mackenzie!

A minha feliz metáfora fê-lo deter-se, com o cigarro entre os dedos e um esgar zombeteiro. Os olhos continuavam a brilhar.

— Tem toda a razão, Bunny. Isso não vai acontecer. Viu, entretanto, o colar da velha *lady* Melrose? Há anos que o quero! Mas não vou ser parvo. Modéstia à parte, não o sou. No entanto, você já viu o que era dar um bigode aos veteranos do crime e também ao veterano da «ordem», ao Mackenzie? Seria um belo jogo, Bunny, seria um jogo ótimo!

— Bem, esta semana não deve jogar.

— Não, não, não jogo. Mas gostava de saber como é que os veteranos pensam fazer o trabalho. É isso que gostava de saber. Como desejava conhecer o jogo deles! Mas está bem, Bunny, não fique inquieto. Será como você quer.

E com essa garantia retirei-me para o meu quarto e fui para a cama com o coração incrivelmente aliviado. Ainda havia em mim vestígios suficientes de honestidade para apreciar o adiamento do golpe, para temer a sua execução e para deplorar a sua necessidade. É claro que este juízo era uma desculpa para o facto demasiado patente de eu ser um homem incomparavelmente mais fraco do que Raffles, se considerarmos que não ter escrúpulos é sinónimo de fortaleza. Havia, porém, um ponto bastante forte a meu favor. Possuía o dom de afastar do meu pensamento recordações desagradáveis. Graças a essa faculdade, conseguira ultimamente fazer uma vida boémia na capital com um prazer tão ignóbil como o que sentira no ano anterior; e, apesar de tudo, aqui em Milchester, nesta longa e temível semana de *cricket*, estava a passar um ótimo bocado.

É verdade que havia outros fatores neste agradável dissabor. Em primeiro lugar, *mirabile dictu*, havia um ou dois «nabos» ainda piores do que eu no campo de *cricket* de Abbey. Na verdade, logo no princípio da semana, quando as coisas poderiam ser determinantes para mim, ganhara uma fama considerável por um lançamento feliz; uma bola, da qual só ouvira o zumbido, encaixou-se rapidamente na minha mão, o que levou o Lorde Amersteth em pessoa a elogiar-me em público. Não subestimei este acidente feliz e, como o sucesso chama o sucesso, ao mesmo tempo que sentia o encorajamento constante de um grande jogador de *cricket*, o que me dava imenso estímulo, consegui fazer mais algumas jogadas brilhantes. À noite, a menina Melhuish não me regateou louvores, durante o grande baile em honra da maioridade do Visconde Crowley; também me disse que era a noite em que os ladrões iriam seguramente fazer a sua incursão. Quando nos sentámos no jardim, embora houvesse boa iluminação, a jovem estremecia de pavor, mais aparente do que real, talvez para me fazer despertar um instinto de ternura. Entretanto, o pacato escocês todos os dias tirava infindáveis fotografias, que revelava à noite, num quarto escuro, estrategicamente situado na zona dos criados; e era minha profunda convicção de que só dois dos hóspedes conheciam o senhor Clephane de Dundee por Inspetor Mackenzie, da Scotland Yard.

A semana culminaria num vistoso jogo que dois ou três de nós tencionávamos abandonar cedo para regressar à cidade nessa mesma noite. O jogo, no entanto, não se efetuou. Nas primeiras horas da manhã desse sábado ocorreu uma tragédia em Milchester Abbey.

Deixem-me contar-vos como vi e ouvi. O meu quarto abria-se sobre a galeria central, e nem sequer era no mesmo andar onde Raffles — e acho que todos os outros homens — estava instalado. Fora-me atribuído, de facto, o quarto de vestir de uma das grandes suítes, e os meus dois vizinhos mais próximos eram a veterana *lady* Melrose e os meus anfitriões.

Na noite de sexta-feira as festividades estavam a chegar ao fim e, pela primeira vez naquela semana, caí num sono profundo a partir da meia-noite; quando, de repente, me ergui esbaforido. Ouvira uma fortíssima pancada na minha porta e escutava agora uma respiração pesada e o som de passos lentos e abafados.

— Apanhei-te — murmurou alguém. — Não resistas.

Era o detetive escocês, e um novo medo gelou-me. Não houve resposta, mas a respiração pesada tornou-se ainda mais pesada e os passos abafados soavam já numa cadência apressada. Assaltado por um pânico súbito, saltei da cama e escancarei a porta. Uma luz baixa ardia no patamar, e com ela pude ver Mackenzie balançando e cambaleando numa silenciosa luta com um poderoso adversário.

— Agarre este homem! — gritou quando apareci. — Agarre o malandro!

Mas fiquei parado como um parvo até que ambos se aproximaram. Nesse momento, enchi os pulmões de ar e atirei-me ao tipo, cuja cara consegui ver por fim. Era um dos homens que serviam à mesa; assim que o segurei, o detetive largou-o.

— Segure-o — gritou. — Há mais lá em baixo.

E foi aos saltos pela escada abaixo, enquanto outras portas se abriam, e o Lorde Amersteth e o filho, em pijama, apareceram ao mesmo tempo. Nessa altura, o homem parou de espernear, mas eu ainda o segurava quando Crowley aumentou a luz.

— Que diabo se passa aqui? — perguntou o Lorde Amersteth, pestanejando. — Que correria é aquela lá em baixo?

— Clephane! — respondi, precipitadamente.

— Ah! — exclamou, virando-se para o criado. — Então és tu o patife, não és? Bem feito! Bem feito! Onde é que ele foi apanhado?

Não fazia a mínima ideia.

— Olhe, a porta da *lady* Melrose está aberta! — reparou Crowley. — *Lady* Melrose! *Lady* Melrose!

— Esqueces-te de que ela é surda — interrompeu o Lorde Amersteth. — Ah, aquela deve ser a criada dela.

Uma porta interior tinha-se aberto; no momento seguinte, houve um pequeno guincho, e uma figura branca gesticulava na soleira da porta.

— Mas onde está o guarda-joias da senhora marquesa? A janela está aberta. Desapareceu! — exclamou a criada.

— Janela aberta e guarda-joias desaparecido! — exclamou o Lorde Amersteth. — E como está a senhora marquesa? Está bem?

— Sim, *milord.* Ela está a dormir.

— Consegue dormir com isto tudo a acontecer? — interrogou o Lorde. — Deve ser a única.

— Onde está metido o Mackenzie... Clephane? — perguntou-me o jovem Crowley.

— Disse que havia mais lá em baixo.

— Por que raio não nos disse isso antes? — gritou.

E, por sua vez, foi aos saltos pela escada abaixo.

Foi seguido praticamente por todos os jogadores de *cricket*, que tinham aparecido entretanto e se preparavam para a perseguição. Raffles era um deles, e eu de bom grado seria outro, não tivesse o criado escolhido esse momento para se libertar de mim com violência e fazer uma arremetida na direção em que os outros iam. O Lorde Amersteth apanhou-o num instante; mas o tipo lutou desesperadamente, e fomos precisos os dois para o arrastar pela escada abaixo, no meio de um terrível coro vindo de meia dúzia de portas. Finalmente, entregámo-lo a outros dois criados que apareceram com as camisas de noite enfiadas nas calças. O meu anfitrião foi suficientemente gentil para me agradecer enquanto nos conduzia lá para fora.

— Pareceu-me ouvir um tiro — acrescentou. — Não ouviu?

— Acho que ouvi três.

E mergulhámos na escuridão do exterior.

Lembro-me de como o saibro se espetava nos meus pés, de como a relva húmida os entorpecia conforme íamos atrás do ruído das vozes que se faziam ouvir numa zona mais distante. A noite estava tão escura que só nos apercebemos de estar no meio dos jogadores de *cricket* quando vimos a claridade vacilante dos seus pijamas. O Lorde Amersteth quase pisou Mackenzie, que jazia prostrado ao relento.

— O que é isto? — inquiriu. — Que diabo aconteceu?

— É o Clephane — respondeu o homem que se ajoelhou junto do corpo. — Apanhou uma bala algures.

— Está vivo?

— Por pouco.

— Santo Deus! Onde está o Crowley?

— Estou aqui — respondeu uma voz sem fôlego. — Não vale a pena, amigos. Não há nada que nos possa mostrar em que direção fugiram. Aqui está o Raffles; também já fez uma vistoria.

Tinham acabado de chegar, ofegantes.

— Bem, para todos os efeitos, temos um deles — resmungou o Lorde Amersteth. — A seguir temos de levar este desgraçado lá para dentro. Alguém que o agarre por baixo dos braços. Agora no meio. Cruzem os braços debaixo dele, como uma padiola. Todos juntos, agora... Assim mesmo... Pobre tipo! Pobre tipo! O nome dele não é Clephane. É um detetive da Scotland Yard, que está cá precisamente por causa destes vilões!

Raffles foi o primeiro a demonstrar surpresa; mas também ele fora o primeiro a levantar o ferido. Nenhum foi mais cuidadoso no transporte do detetive durante a lenta procissão para a casa. Em breve, o homem sem sentidos estava estendido no sofá da biblioteca. E aí, com gelo sobre a ferida e *brandy* pela garganta, os olhos abriram-se e os lábios mexeram-se.

O Lorde Amersteth inclinou-se para captar as suas palavras.

— Sim, sim. Temos um deles a bom recato. O bruto que apanhou lá em cima — o Lorde Amersteth inclinou-se mais. — Inacreditável! Atirou o guarda-joias pela janela, foi? E eles safaram-se com ele! Bem, bem! Só espero que sejamos capazes de tratar deste amigo.

Desmaiou outra vez.

Passou uma hora. O sol despontava já no horizonte.

Alguns jovens estavam sentados nos sofás da sala de bilhar, bebendo uísque com gasosa, com os sobretudos vestidos sobre os pijamas, e ainda falando excitadamente e ao mesmo tempo. Um horário estava a ser passado de mão em mão; o médico encontrava-se ainda na biblioteca. Por fim, a porta abriu-se e o Lorde Amersteth espreitou.

— Não é um caso perdido — confirmou. — Mas está bastante mal. Hoje não vai haver *cricket.*

Outra hora passou e a maioria de nós estava a caminho de apanhar o primeiro comboio. Um compartimento ficou quase cheio até sufocar só com os convidados. E todos continuavam a falar dos acontecimentos da noite; e eu ainda era falado como o herói que conseguira prender o único rufião que fora apanhado; desnecessário será dizer que, de uma forma discreta, mas intensa, me sentia envaidecido.

Raffles observava-me por debaixo da aba do chapéu. Não tínhamos trocado uma palavra; e continuámos assim até deixarmos os outros em Padington e prosseguirmos o nosso caminho numa carruagem de rodado silencioso e sininhos sonantes.

— Bem, Bunny, os veteranos levaram a melhor, não foi?

— Sim — confirmei. — E estou bastante satisfeito!

— Por o pobre Mackenzie ter uma bala no peito?

— Por você e eu termos estado do lado da lei e da ordem, pelo menos desta vez.

Encolheu os ombros.

— É um caso perdido, Bunny, mesmo perdido! Devo supor, então, que recusaria a sua parte se o bolo tivesse caído nas nossas mãos? No entanto, apreciou devidamente o facto de, pela segunda vez, não termos concretizado o golpe! Confesso, todavia, que os métodos do meu concorrente me despertaram bastante interesse. Pela minha parte, ganhei provavelmente tanto em experiência como perdi noutras coisas. O deitar pela janela fora o guarda-joias foi um expediente simples e eficaz. Dois membros do bando tinham estado à espera, debaixo da janela, durante horas.

— Como é que sabe? — perguntei.

— Vi-os da minha própria janela, que ficava mesmo por cima da da estimável *lady*. Quando subi para o quarto, naquela noite, não conseguia libertar o meu pensamento daquele colar... E aconteceu olhar pela janela. Por acaso, queria ver se a janela debaixo da minha se encontrava aberta, ou se havia a mais pequena hipótese de perpetrar o golpe com um lençol a fazer de corda. Claro que tomei a precaução de apagar primeiro a luz, e foi uma sorte tê-lo feito. Vi os tipos mesmo lá em baixo, e eles nunca me viram. Observei um pequeno mostrador luminoso na escuridão, que ora aparecia, ora desaparecia. Naturalmente, sabia do que se tratava, pois o meu mostrador do relógio tem tinta fosforescente. Pode até servir de lanterna quando não se consegue arranjar algo melhor. Mas estes tipos não o estavam a usar como lanterna. Encontravam-se debaixo da janela da velha senhora. Estavam a ver as horas. Tudo fora combinado com o cúmplice do interior. Não há melhor que um ladrão para descobrir outro ladrão; adivinhei num ápice o que se estava a passar.

— E não fez nada! — exclamei.

— Pelo contrário, fui pela escada abaixo direito ao quarto da *lady* Melrose...

— Foi o quê?

— Sem um momento de hesitação. Para salvar as joias dela. E estava preparado para gritar como o diabo para a sua corneta acústica, até que toda a casa ouvisse. Mas a pobre senhora é demasiado surda e o jantar pesara-lhe abundantemente no estômago para poder acordar com facilidade.

— E então?

— Ela nem se mexeu.

— E, no entanto, permitiu que os veteranos, como você lhes chama, levassem as joias dela com estojo e tudo!

— Tudo menos isso — cortou Raffles, batendo com o seu punho no meu peito. — Já era para lhe ter mostrado, mas, realmente, meu velho, a sua expressão, durante todo o dia, teria valido um poema!

E, num relance, abriu e fechou o punho, não sem me deixar aperceber do imenso colar de diamantes e de safiras de que me lembrava de ter visto, pela última vez, à volta do pescoço da *lady* Melrose.

O primeiro delito

Naquela noite, Raffles contou-me a história do seu primeiro crime. Desde a manhã, para mim fatal, dos idos de março, quando ele fizera referência, de passagem, a um caso que decorrera durante uma certa digressão de *cricket*, que Raffles nunca mais abriu a boca sobre o assunto. Não foi por falta de insistência da minha parte. Ele, porém, limitava-se a abanar negativamente a cabeça e a observar pensativamente o fumo do seu cigarro; guardava um ar misterioso, meio cínico, meio pensativo, como se os decentes e honestos dias do passado tivessem tido afinal de contas os seus méritos. Raffles planearia um atrevido golpe, mesmo que não tivesse mais resultados que fama, com o entusiasmo irreprimível do artista. Era impossível imaginar um estremecimento ou uma inquietação de arrependimento por baixo daqueles êxtases francamente egoístas, mas contagiosos. E, no entanto, a sombra de um remorso parecia ainda assombrar-lhe a recordação da sua primeira velhacaria; e, por isso, eu acabara por desistir de indagar sobre essa história muito antes da noite do nosso regresso de Milchester. Já o *cricket* estava na moda, e o saco de *cricket* de Raffles, que às vezes pendurava no guarda-fogo, tinha colado no cabedal restos de um antigo rótulo do Oriente. Os meus olhos pousaram sobre esse rótulo algumas vezes, e suponho que ele reparara nesse meu interesse, porque, de repente, perguntou-me se ainda estava desejoso de ouvir essa história.

— Não vale a pena — repliquei. — Você quer guardá-la só para si. Resta-me especular.

— Como é que consegue?

— Oh, começo a conhecer os seus métodos.

— Pensa que foi uma coisa pensada, não é?

— Não posso imaginar outra coisa.

— Meu caro Bunny, foi a coisa menos premeditada que fiz na minha vida!

A sua cadeira inclinou-se para trás de encontro aos livros logo que se levantou com súbita energia. Havia um brilho de indignação nos seus olhos.

— Não consigo acreditar nisso — provoquei-o com astúcia. — Não lhe posso prestar tão pobre homenagem.

— Então, deve ser louco...

Estacou, fixou-me seriamente e, logo a seguir, acabou por sorrir.

— Meu Deus, você é ainda mais matreiro do que eu pensava, Bunny. OK... parece que estou bem classificado; até consigo fazer melhor, como se costuma dizer. Realmente, tenho andado a pensar na coisa; a barafunda da noite passada faz-me recordar esse episódio em um ou dois aspetos. Digo-lhe mais: esta é, de qualquer forma, uma boa oportunidade, e eu vou celebrá-la quebrando uma valiosa regra da minha vida. Vou tomar uma segunda bebida!

O uísque tiniu, o sifão assobiou e o gelo caiu na bebida; e ali sentado, com o seu pijama, com o inevitável cigarro, Raffles contou-me a história que eu já tinha perdido a esperança de ouvir. As janelas estavam abertas; os sons de Picadilly inundavam o quarto. Muito antes de ele acabar, tinham deixado de se ouvir os últimos rodados, o último zaragateiro tinha desaparecido, éramos só nós que quebrávamos o sossego da noite de verão. E Raffles começou:

* * *

Não, na verdade eles tratam-nos muito bem. Só se pagam as bebidas, digamos assim, mas acho que o meu caso era diferente. Comecei com uma situação embaraçosa. Realmente, deveria ter recusado o convite. Depois fomos todos para a Taça de Melbourne, e eu tinha apostado tudo num óbvio vencedor que não venceu, e essa não é a única maneira de se fazer papel de parvo em Melbourne. Faltava-me a experiência que tenho agora, Bunny; a minha análise é uma confissão em si mesma. Mas os outros não sabiam que eu estava falido e jurei que nunca saberiam. Tentei os agiotas, mas não havia nenhum nas proximidades. Depois pensei num parente de boa condição, um segundo primo do meu pai a respeito de quem nada sabíamos, exceto que devia estar numa ou noutra das colónias. Se fosse um homem rico, melhor ainda, dar-lhe-ia facilmente a volta; se não, sem problemas também. Tentei seguir-lhe o rasto e, por acaso, tive êxito (ou pensei que o tive) no preciso momento em que contava com alguns dias livres. Tinha uma das mãos golpeada, mesmo na véspera do grande desafio do Natal, e não podia fazer lançamentos de bola.

O médico que me tratou perguntou-me se por acaso era parente do Raffles do National Bank, e este puro acaso quase me tirou o fôlego. Um parente que era um importante funcionário num banco, que me apoiaria financeiramente pelo meu simples nome... Poderia encontrar melhor? Convenci-me de que este Raffles era o homem de que precisava. Mas, em breve, ficaria terrivelmente surpreendido ao descobrir que ele não era um importante funcionário. Nem o médico o conhecia, mas simplesmente relacionara o meu nome com o dele porque lera uma notícia sensacionalista em que o meu homónimo esteve envolvido numa dependência bancária dos subúrbios de que era gerente: um assaltante armado fora valentemente posto fora de ação por um tiro disparado por este Raffles. Mas era um caso tão típico daquela zona, que eu próprio não tivera conhecimento dele. Uma dependência bancária dos arredores... e um familiar excessivamente honesto. No entanto, um gerente é um gerente, e tomei a decisão de confirmar se este era o parente de quem eu estava à procura. Pedi ao médico a gentileza de me indicar o nome da dependência onde ele trabalhava.

— Faço melhor — respondeu-me. — Vou dar-lhe o nome da dependência para onde foi transferido, pois penso que terá sido promovido.

E, no dia seguinte, trouxe-me o nome do município de Yea, oitenta quilómetros a norte de Melbourne; mas, com a incerteza que caracterizava todas as suas informações, não foi capaz de me dizer se o encontraria lá ou não.

— Ele é solteiro, e as suas iniciais são W. F. — disse o médico, que tinha bastante certeza quanto aos aspetos irrelevantes. — Deixou o antigo posto já há alguns dias, mas parece que só depois do Ano Novo é que irá ocupar o cargo. Sem dúvida que passará por lá antes dessa data para preparar as coisas e instalar-se. Tanto pode encontrá-lo como não. Se fosse a si, escrevia-lhe.

— Mas assim perderia dois dias — retorqui. — E ainda mais tempo se ele não estiver por lá.

Com efeito, tinha curiosidade em conhecer este gerente e sentia que, se conseguisse contactá-lo enquanto ele ainda estivesse de férias, um pouco de convívio poderia ajudar consideravelmente.

— Para tal, tenho de lhe arranjar um cavalo calmo. Escusa de usar essa mão — disse o médico.

— Não posso ir de comboio?

— Pode e não pode. Mesmo assim, ainda tem de andar a cavalo. Suponho que saiba montar.

— Sim.

— Então, poderá ir a cavalo todo o caminho. É uma ótima estrada, através de Whittlesea e sobre Plenty Ranges. Dá-lhe uma ideia do mato, Sr. Raffles, e verá as fontes de fornecimento de água desta cidade. Verá de onde vem cada gota dela, a pura Yan Yean! Quem me dera ter tempo para ir consigo.

— Mas onde é que posso arranjar um cavalo?

O médico pensou um bocado.

— Eu próprio tenho uma égua mansa como um cordeiro — confirmou. — Seria bem jogado da minha parte se você aceitasse ir sentado no seu lombo por uma centena de quilómetros ou mais. Assim saberia que não teria a tentação de usar essa mão.

— É extrema bondade, a sua — protestei.

— Ora essa, Sr. A. J. Raffles — respondeu.

Se alguma vez tinha havido uma receção mais amável ou um melhor exemplo de hospitalidade, só posso dizer, Bunny, que nunca ouvira falar de nenhum assim.

(Raffles beberricou o seu uísque, deitou fora o resto do cigarro e acendeu outro antes de continuar.)

Bem, consegui escrever umas linhas a W. F. com a minha própria mão que, como poderá calcular, não estava assim tão ferida; era simplesmente o terceiro dedo que estava ferido e metido em talas. Na manhã seguinte, o médico instalou-me em cima de um animal tão apático que serviria quase de ambulância. Metade da equipa veio ver-me partir; os restantes estavam aborrecidos comigo por não ter ficado até ao fim do jogo, como se eu pudesse ajudar a ganhar estando a observá-los. Eles mal sabiam o jogo que eu iria jogar. Nem eu, verdade se diga.

Foi uma viagem bastante interessante, especialmente depois de passar um local chamado Whittlesea, uma região realmente selvagem, que se espalhava num vale entre serranias, e onde me lembro de ter comido uma refeição horrorosa de borrego quente e chá, com elevadas temperaturas à sombra. Os primeiros cinquenta quilómetros ou mais foram feitos numa boa estrada, de cascalho, suficientemente boa para dar a volta a meio mundo a cavalo. Mas, depois de Whittlesea, era um simples carreiro pelos montes, um carreiro que muitas vezes eu não conseguia descortinar, deixando-me inteiramente ao cuidado da égua. Agora descia por um barranco e passava por uma linha de água, e a paisagem local tornava-se cada vez mais cerrada; árvores-da-borracha em abundância e papagaios de todas as cores. Num dado local, toda uma floresta de árvores-da-borracha havia sido descascada, parecendo estar os troncos pintados de branco, sem uma folha ou seres vivos durante quilómetros. E a primeira coisa viva que encontrei foi do género de nos dar calafrios. Era um cavalo sem cavaleiro que vinha todo lançado pelo bosque, com a sela descaída e os estribos de ferro retinindo. Sem pensar, pus-me à frente dele com a égua do doutor, e bloqueei-o o tempo suficiente para permitir a um cavaleiro que o vinha a perseguir a galope que tratasse do resto.

— Obrigado, mister — resmungou o homem, um tipo enorme, com uma camisa aos quadrados vermelhos, uma barba como a de W. G. Grace e uma expressão diabólica.

— Teve um acidente? — perguntei-lhe, detendo o cavalo.

— Sim — respondeu, carrancudo, com ar de quem não queria mais perguntas.

— E grave, se isso na sela é sangue! — retorqui.

Bem, Bunny, posso ser um tipo mal-encarado, mas acho que nunca olhei para ninguém como aquele tipo olhou para mim. Mas eu olhei atentamente para ele e forcei-o a admitir que era sangue o que estava na sela torcida. Depois disso, tornou-se bastante manso. Contou-me exatamente o que ocorrera. Um amigo dele fora derrubado por um tronco e tinha esmagado o nariz, nada mais; tinha-se sentado muito quieto depois disso até que desmaiou com a perda de sangue. Um outro companheiro havia ficado com ele no mato.

Como já lhe disse, Bunny, eu não era o velho vivaço que sou agora, de modo algum, e partimos como bons amigos. Perguntou-me por que caminho eu ia e, quando lhe respondi, disse-me que pouparia dez quilómetros, chegando bem uma hora mais cedo a Yea, se deixasse o carreiro e fosse por um monte que podíamos ver entre as árvores, seguindo uma linha de água que encontraria lá em cima. Não sorria, Bunny! Já tive a oportunidade de lhe dizer que, nessa altura, eu era ingénuo. É óbvio que o atalho era o caminho mais longo; e já quase anoitecia quando aquela égua infeliz e eu vimos a única rua de Yea.

Andava à procura do banco, quando um sujeito de fato branco desceu de uma varanda.

— Sr. Raffles?

— Sr. Raffles! — respondi, rindo, enquanto lhe apertava a mão.

— Vem atrasado.

— Indicaram-me mal o caminho.

— A sério? Que alívio — suspirou. — Sabe o que se diz por aí? Que há um novo grupo de salteadores, que vivem no mato e atuam na estrada entre Whittlesea e aqui... Uma segunda quadrilha Kelly! Mas consigo eles iam buscar lã e saíam tosquiados, não é?

— Consigo é que isso sucederia — redargui e o meu *tu quoque* calou-o e pareceu confundi-lo. No entanto, havia muito mais senso no que eu dizia do que nas suas palavras laudatórias, para as quais não havia propósito.

— Receio que ache tudo isto muito rústico — prosseguiu, quando desamarrou a minha mala e passou as rédeas a um serviçal. — Ainda bem que é solteiro como eu.

Também não consegui descortinar o sentido desta afirmação, uma vez que, se fosse casado, dificilmente deixaria que se referisse desse modo à minha mulher. Resmunguei aquelas coisas convencionais e, depois, disse-me que eu acabaria por gostar de tudo aquilo quando estivesse instalado, como se eu tivesse vindo para passar semanas!

Pensei: bem, estes colonos são mesmo hospitaleiros! E, ainda admirado, deixei que me conduzisse para a zona privada do banco.

— O jantar estará pronto dentro de um quarto de hora — disse, quando entrámos. — Pensei que gostasse de tomar primeiro um banho. Encontrará tudo pronto no quarto ao fim do corredor. Apite se precisar de alguma coisa. A propósito, a sua bagagem ainda não apareceu, mas está aqui uma carta que chegou esta manhã.

— Para mim?

— Sim. Não esperava uma?

— Claro que não!

— Bem, aqui está.

E, quando ele acendeu o candeeiro do meu quarto, li a minha própria carta do dia anterior... dirigida a W. F. Raffles!

Bunny, você, que já tem passado por algumas desventuras, deve calcular como me senti. O que posso dizer é que aquela carta me destruiu o moral, meu caro. Não conseguia falar. Fiquei mudo e quedo com a minha carta nas mãos, até que ele teve o cuidado de me deixar sozinho.

W. F. Raffles! Tínhamo-nos equivocado mutuamente. Em suma, o novo gerente ainda não tinha chegado! Estupendo! Não admirava, pois, que manifestássemos surpresa com as afirmações que produzíramos. O que mais me espantava era não termos descoberto o nosso mútuo erro. Qualquer outro teria rido da situação. Mas eu... não conseguia rir. Não, não era mesmo assunto para rir! Vi tudo de repente, sem vacilar, e, do meu ponto de vista, da forma mais desanimadora possível. Chame-me insensível se quiser, Bunny, mas lembre-se de que eu estava em dificuldades análogas às que você atravessou e de que eu contava com W. F. Raffles da mesma maneira que você contou com A. J. Raffles. Lembrei-me do homem da barba, do cavalo desgovernado com a sela cheia de sangue, da falsa indicação que me tinha arrastado para um caminho mais longo, e associei tudo ao gerente desaparecido e à notícia da existência de salteadores. Mas não vou fingir ter sentido qualquer piedade por um homem que eu nunca vira; esse tipo de piedade normalmente é hipócrita; e, além disso, tinha necessidade dessa piedade aplicada em mim mesmo.

Estava a braços com dificuldades como nunca tinha estado. Que diabo ia fazer? Duvido que lhe tenha transmitido com clareza a absoluta necessidade do meu regresso, com dinheiro, a Melbourne. De facto, não se tratava apenas de uma questão de necessidade, mas de absoluta determinação da minha parte.

Haveria de arranjar dinheiro... mas como... mas como? Estaria este estranho aberto à compreensão... se lhe contasse a verdade? Não; isso iria acabar por levar-nos a ter considerações infindáveis sobre as possibilidades que a região oferecia. Porque haveria de lhe dizer? Suponha que o deixava descobrir o erro... Ganharia alguma coisa? Bunny, dou-lhe a minha palavra que fui jantar sem uma intenção definida na cabeça ou uma palavra premeditada nos lábios. Podia proceder de forma decente e natural, e pôr tudo em pratos limpos; por outro lado, não havia pressa. Não tinha aberto a carta e, em qualquer altura, poderia fingir que não tinha reparado nas iniciais; entretanto, podia ganhar tempo. Alguma coisa poderia ocorrer. Já havia em mim uma tentação, mas, como era ainda vaga, a sua própria imprecisão me fazia hesitar.

— Más notícias, não? — perguntou o gerente quando por fim me sentei à mesa.

— Um simples aborrecimento — respondi.

Posso assegurar-lhe, Bunny, que dei esta resposta sem refletir. De qualquer forma, começava a mentir. A minha posição estava tomada; a partir daquele momento, não havia retorno. Sem ter ainda uma noção nítida do que estava a fazer, já me fazia passar por W. F. Raffles. Portanto, W. F. Raffles passaria a ser, pelo menos nessa noite. E o demónio ensinava-me a usar essa mentira!

(Mais uma vez levou o copo aos lábios, enquanto eu me esquecia de beber. A sua cigarreira refletiu a luz do candeeiro quando ele a estendeu para me oferecer um cigarro. Abanei a cabeça sem tirar os olhos dos dele.)

O demónio saiu-se bem. Antes de ter levado a primeira colher de sopa à boca, já tinha decidido o que fazer. Estava determinado a roubar aquele banco, em vez de ir para a cama, e a regressar a Melbourne para o pequeno-almoço, se a égua do médico estivesse em forma. Diria ao velho que não tinha encontrado o caminho e me tinha perdido durante horas, como facilmente me podia ter acontecido, e que nunca tinha chegado a Yea. Em Yea, por outro lado, a atribuição do roubo seria mais tarde dada a um membro da quadrilha que tinha também armado uma cilada e assassinado o novo gerente com o mesmo objetivo. Está a perceber o que lhe digo, Bunny. Pergunto-lhe se havia saída melhor. Digo-lhe redondamente que, no meu caso, não. As coisas estavam bem claras na minha mente e, antes de ter terminado a sopa, tinha a certeza do desenrolar dos acontecimentos.

Para aumentar a minha sorte, o caixa, que também vivia no banco, estava naquela altura a gozar férias; na verdade, tinha ido a Melbourne para nos ver jogar. E o homem que tinha levado o meu cavalo servia à mesa; ele e a mulher eram os únicos criados e dormiam num edifício separado. Pode ter a certeza de que averiguei isto antes de termos terminado o jantar. Na verdade, até fiz demasiadas perguntas (a mais dissimulada e delicada foi a que me fez deduzir o nome do meu anfitrião, Ewbank), mas não fui capaz de ocultar esse impulso.

— Sabe — redarguiu este Sr. Ewbank, que era do género categórico —, se não fosse quem é, diria que tem medo de ladrões. Perdeu a sua genica?

— Espero que não — respondi-lhe, bastante acalorado, posso dizer-lhe. — Mas, enfim, não é uma coisa agradável ter de meter uma bala num tipo!

— Não? — inquiriu friamente. — Pois nada me daria mais prazer; aliás, a sua não o chegou a matar.

— Quem me dera que assim fosse! — exclamei astutamente.

— Ámen! — ironizou o outro.

Esvaziei o meu copo: na verdade, não sabia se o «meu» ladrão ferido estava preso, morto ou à solta!

Quando já estava saturado daquela história, Ewbank voltou à carga. Admitiu que o pessoal era pouco; mas, quanto a ele, tinha um revólver carregado debaixo da almofada toda a noite e debaixo do balcão durante o dia, e estava só à espera de uma oportunidade para o usar.

— Debaixo do balcão, não é? — inquiri tolamente.

— Sim! Tal como você tinha!

Olhava para mim surpreendido, e alguma coisa me alertou de que se lhe respondesse «claro, tinha-me esquecido» teria sido fatal, tendo em conta a minha primeira reação. Por isso, baixei os olhos e abanei negativamente a cabeça.

— Mas os jornais dizem isso mesmo! — exclamou.

— Não debaixo do balcão — retorqui.

— Mas é o regulamento!

Por momentos, Bunny, senti-me numa posição difícil, embora soubesse que tinha ganhado alguns pontos e que me podia aproveitar dessa situação de vantagem.

— O regulamento! — disse, por fim, no tom mais ofensivo que consegui arranjar. — Sim, teria feito de nós todos homens mortos! Meu caro senhor, espera que o ladrão o deixe agarrar a arma no local onde ele sabe que é guardada? Tinha a minha no bolso e aguardei pelo momento oportuno para a usar. Por isso, não tive hesitação em afastar-me do balcão, embora fingindo relutância.

Ewbank fixava-me de olhos arregalados e com rugas de espanto na testa, até que bateu com o punho na mesa.

— Meu Deus, que esperto! — exclamou, embora manifestasse sempre a faceta de um homem que nunca se engana. — No entanto, os jornais diziam outra coisa, sabe!

— Claro — repliquei. — Limitaram-se a repetir o que lhes contei. Não queria que fosse dizer que tinha alterado, por meu livre alvedrio, o regulamento do banco, pois não?

E assim passou aquele começo tempestuoso. E, juro, quando chovesse, seria uma chuva de ouro! Não prata, mas verdadeiro ouro australiano! O velho Ewbank ainda não manifestava grande apreço por mim; era um osso duro de roer, um homem muito mais velho do que eu. Tenho a certeza de que ele me achava demasiado novo para o lugar, e a minha suposição estava certa. Mas nunca vi um homem mudar de opinião mais abertamente. Foi buscar o seu melhor *brandy*, fez-me deitar fora o charuto que estava a fumar e abriu uma nova caixa. Era um sujeito jovial, com um bigode ruivo e uma expressão bem-humorada (ao contrário da de Tom Emmet). A partir desse momento, preparei-me para «atacá-lo» pelo seu lado jovial. Mas ele não era um Rosenthall, Bunny; tinha uma tripla cicatriz, uma cabeça casmurra e podia beber dez vezes mais do que eu.

Está bem, podes ir para a cama sóbrio, mas dormes como uma pedra, pensei. E ia atirando pela janela, quando não estava a olhar para mim, metade da bebida com que me enchia o copo.

Mas era bom tipo, o Ewbank, e não pense que era dado à bebida. Chamei-lhe jovial, e só pretendia que se tornasse mais. No entanto, com o avançar da noite, foi ficando cada vez mais simpático até que, em dado momento, não tive grande dificuldade em o fazer mostrar-me todo o banco a uma hora que era realmente imprópria para tal procedimento. Foi nessa altura que foi buscar o revólver antes de se ir deitar. Ainda o mantive fora da cama mais vinte minutos, até que fiquei a conhecer cada metro da dependência, após o que troquei um aperto de mão com Ewbank, já à porta do meu quarto, desejando-lhe as boas-noites.

Não imagina o que fiz nas horas seguintes. Despi-me e fui para a cama. A tensão constante resultante do ato de representar, mesmo quando deliberado, é a coisa mais desgastante que conheço; e muito maior quando a representação é de improviso! Temos de estar sempre atentos; a palavra seguinte pode estragar tudo; é como tentar manejar a pá de *cricket* com fracas condições de luz. E não estou a contar-lhe metade dos apertos em que estive durante a conversação que demorou horas e que para o fim se tornou perigosamente íntima. Você pode imaginar! Mas imagine-me também estendido na cama, procurando novas energias para preparar, logo de seguida, a grande façanha da noite.

Uma vez mais, estava com sorte, pois ainda não passara muito tempo ali estendido quando comecei a ouvir o meu caro Ewbank ressonando como uma orquestra, sem um intervalo sequer. E ressonava da forma mais atroz quando me arrastei para fora e fechei a porta atrás de mim. Parei para o ouvir, mas os roncos continuavam com regularidade. E entrei no banco ao som daquele concerto, o que me deu bastante prazer. O tipo acompanhou-me com o seu ressonar até eu sair do banco, e ainda estava a ressonar quando voltei a parar e a escutar debaixo da sua janela aberta.

Porque saí do banco para ter de lá voltar? Para apanhar e selar a égua e amarrá-la a um conjunto de árvores ali perto; para preparar os meios para escapar facilmente, antes de fazer o trabalho. Muitas vezes tenho pensado na sabedoria instintiva da precaução; inconscientemente, estava a atuar segundo o que tem sido sempre um dos meus princípios orientadores. Eram necessários sacrifícios e paciência; tive de ir buscar a sela sem acordar o homem, e não estava habituado a apanhar cavalos num cercado. Então, deixei a pobre égua e voltei aos estábulos a buscar uma alcofa de aveia, que deixei junto dela na clareira. Havia também um cão com que contar (o nosso pior inimigo, Bunny); mas fora suficientemente perspicaz para fazer amizade com ele durante a noite; e ele abanou a cauda, não só quando desci a escada, mas quando reapareci à porta das traseiras.

Como *soi-disant* novo gerente, conseguira, em pouco tempo, sondar Ewbank sobre todos os aspetos relacionados com o banco, especialmente naqueles últimos e inestimáveis vinte minutos antes de nos deitarmos. E muito naturalmente tinha feito questão de lhe perguntar onde é que ele guardava as chaves à noite e onde recomendaria que eu as guardasse. Claro que supunha que as levava com ele para o quarto; mas não era nada disso; tinha um expediente ainda melhor. Qual era não interessa muito, mas nenhum estranho teria encontrado essas chaves fosse de que maneira fosse.

Eu, claro, consegui-as em alguns segundos, e noutros mais estava na própria casa-forte. Esqueci-me de dizer que a Lua tinha nascido e estava a dar uma boa luminosidade ao banco. Tinha, no entanto, trazido um pedaço de vela do meu quarto; e, na casa-forte, para onde se tinha de descer por uns degraus estreitos atrás do balcão, não hesitei em acendê-la. Não havia janelas lá em baixo e, embora já não pudesse ouvir o ressonar de Ewbank, não tinha a mais pequena razão para me acautelar quanto a ele. Pensei em fechar-me à chave enquanto fazia o trabalho, mas, não sei por que diabo, a porta de ferro não tinha buraco de fechadura do lado de dentro.

Bem, havia pilhas de ouro no cofre, mas só apanhei o que precisava e podia transportar confortavelmente, não muito mais do que duzentas moedas. Não toquei numa única nota, e a minha precaução instintiva revelou-se no modo em como dividi os soberanos por todos os meus bolsos, de modo a não ficar ajoujado como a velha de Banbury Gross. Bem, se você agora me acha demasiado cauteloso, nessa altura era-o em excesso. E foi então que, passados dez minutos, quando me preparava para partir, ouvi uma pancada violenta na porta da rua.

Bunny, era a porta exterior do banco! Deviam ter visto a minha vela! E ali estava eu, parado, com a cera quente a pingar-me nos dedos, naquela cave de tijolos da casa-forte!

Só havia uma coisa a fazer. Tinha de confiar no ressonar de Ewbank, abrir eu a porta, dominar o visitante ou abatê-lo com o revólver. Fora suficientemente astuto para o comprar antes de sair de Melbourne. Devia dar uma corrida até ao conjunto de árvores e à égua do doutor. O meu cérebro decidiu-se num instante. Estava eu no topo da escada da casa-forte, ouvindo as pancadas na porta, quando um segundo som me fez recuar. Era o som de pés descalços ao longo do corredor.

A escada é de pedra. Retrocedi rapidamente e em silêncio. Só tinha de empurrar a porta de ferro, pois deixara as chaves no cofre. Assim que o fiz, ouvi uma maçaneta rodar no salão de cima, e agradeci aos deuses por ter fechado cada porta atrás de mim. Está a ver, meu caro, nem sempre a nossa prudência nos deixa ficar mal!

— Quem está a fazer esse barulho? — inquiriu Ewbank lá de cima.

Não consegui perceber a resposta, mas pareceu-me um vulgar pedido de orientação. O que ouvi perfeitamente foi o armar do cano do revólver de Ewbank, antes de os ferrolhos serem abertos. Depois, passos vacilantes, uma respiração pesada, entrecortada, e a voz horrorizada de Ewbank.

— Santo Deus! O que lhe aconteceu? Está a sangrar como um porco!

— Agora já não — respondeu uma voz grata.

— Mas esteve! Quem lhe fez isso?

— Os salteadores, no mato.

— Lá no caminho?

— Sim e em Whittlesea... amarrado a uma árvore... tiros ao acaso... deixaram-me a sangrar...

A voz falhou-lhe e os pés descalços correram. Agora era a minha vez de o fazer... Mas o pobre diabo tinha desmaiado. Não conseguia ter a certeza, e então escutei pela porta de ferro meio fechada, sentindo-me encurralado, mas curioso quanto à conversa. E fiz bem, pois Ewbank não se afastou mais do que um minuto.

— Beba isto — ouvi-o dizer.

E quando o outro falou, a sua voz soou já mais forte.

— Agora começo a sentir-me vivo.

— Não fale.

— Faz-me bem. Não sabe o que foi, todos aqueles quilómetros sozinho, ao deus-dará! Nunca pensei que aguentasse. Deixe-me dizer-lhe... antes que me esqueça!

— Bem, beba outro gole.

— Obrigado... Chamei-lhes salteadores, mas é claro que isso já não existe. São assaltantes de bancos; o que atirou ao acaso era o mesmo canalha a quem, na minha partição anterior, em Coburg, acertei com uma bala.

(Eu disse a Raffles que era de calcular.)

É claro que era de calcular, Bunny. Tal como eu o fiz lá em baixo, naquela casa-forte. Mas o velho Ewbank não sabia, e creio que perdeu a fala.

— Está a delirar — respondeu por fim. — Quem diabo pensa que é?

— O novo gerente.

— O novo gerente está na cama, lá em cima, a dormir!

— Quando é que chegou?

— Ao fim desta tarde.

— Disse que se chamava Raffles?

— Sim.

— Bem, diabos me levem! — murmurou o verdadeiro gerente. — Estava a pensar que se tinha tratado de uma vingança, mas começo a entender tudo. Meu caro senhor, o homem que dorme lá em cima é um impostor. E resta saber se ainda lá está! Deve ser um dos da quadrilha. Vai assaltar o banco... se é que já não o fez!

— Se já não o fez... — repetiu num resmungo Ewbank. — Se ainda estiver lá em cima! Por Deus, se estiver, vou ter pena dele!

O tom extremamente desagradável da sua voz fazia prever o pior. Digo-lhe, Bunny, estava contente por ter trazido aquele revólver. Parecia-me que seria o meu contra o dele, cano contra cano.

— É melhor dar uma olhadela aqui em baixo, primeiro — sugeriu o novo gerente.

— Enquanto ele salta pela janela? Não, não, ele não está cá em baixo.

Bunny, se me perguntar qual foi o momento mais emocionante da minha abominável carreira, digo-lhe que foi aquele. Ali estava eu, parado, ao fundo daquela estreita escada de pedra, no interior da casa-forte, com a porta entreaberta, sem saber se ia ranger ou não.

O amanhecer estava a aproximar-se... Tinha de correr o risco. E não rangeu nada quando a fechei; era muito sólida e bem oleada; não a poderia ter empurrado com força, se o tivesse querido. Era muito pesada. Sentia na minha cara o ar que passava pelas ranhuras da porta. Voltei a ficar na escuridão, exceto o fio de luz que desenhava a frincha. Como abençoei aquela porta!

— Não, não está cá em baixo — ouvi, de forma amortecida. Depois, a luz da frincha também desapareceu e, passado pouco tempo, aventurei-me a abri-la outra vez. Nessa altura, ouvi-os subirem para o meu quarto.

Bem, agora não havia um milésimo de segundo a perder. Tinham-se ido embora e deixado a porta aberta. Orgulho-me em dizer que subi aquela escada de gatas e saí do banco com toda a calma do mundo. Nem sequer me esqueci de levar a alcofa de onde a égua do doutor estava a comer. Nem mesmo fugi a galope, mas simplesmente afastei-me a meio trote, sem ruído, pela beira da estrada (embora o meu coração galopasse), e agradeci às estrelas que o banco ficasse no extremo da cidade, na qual eu realmente não tinha chegado a pôr o pé. A última coisa que ouvi foram os dois homens a acordar o cocheiro. E agora, Bunny...

* * *

Raffles levantou-se, espreguiçando-se com um sorriso que terminou num bocejo. Pelas janelas, a escuridão tinha dado lugar sucessivamente a vários tons de anil; já serviam de moldura aos prédios da frente, rígidos e lívidos na madrugada; e o gás pareceu esvair-se nos globos dos candeeiros.

— Mas isso não é tudo! — exclamei.

— Lamento, mas é — respondeu Raffles, em tom de desculpa. — A coisa devia terminar com uma excitante perseguição, eu sei, mas seja como for, não terminou. Suponho que pensaram que eu não tinha chegado a fazer nada; depois devem ter-se convencido de que eu pertencia à quadrilha que atuava nas proximidades; e um deles tinha levado tudo quanto pudera. Mas não estava lá para saber o que se passou; só posso calcular que deixei muita gente excitada. Deus, como fiz andar aquele pobre animal quando me apanhei entre as árvores! Embora estivéssemos a mais de oitenta quilómetros de Melbourne, antes tínhamos feito o percurso a passo de caracol; e agora, estimulada pela aveia e pressentindo o caminho de regresso, a velha égua acelerava o passo. Não foi brincadeira nenhuma percorrer os bosques, ter de baixar a cabeça para evitar os ramos... Já lhe falei da floresta com as árvores descascadas. Parecia perfeitamente espectral à luz do luar. Encontrei-a tão silenciosa como a deixara. Detive o cavalo, fiz a minha primeira paragem, inclinei-me para o solo e colei o ouvido ao chão durante dois ou três minutos. Mas não ouvi nada a não ser o resfolegar da égua e o bater do meu coração. Lamento, Bunny. Se alguma vez escrever as minhas memórias, não terá nenhuma dificuldade em concluir a história desta perseguição. Destaque o ar misterioso da floresta e descreva uma intensa troca de tiros. Virar-me-ei na sela para ver Ewbank vir em minha perseguição, com o seu fato branco que, em breve, estará tingido de vermelho. Acrescente mais elementos emotivos da sua imaginação, de forma que os leitores fiquem presos à leitura, para saberem como terminará a história.

— Mas se eu próprio não sei — queixei-me. — Você cavalgou sempre a égua até Melbourne?

— Sem a menor dúvida! Procurei mesmo que ela fosse vista ao chegar ao hotel, e fui devolvê-la ao médico, à noite. Ficou tremendamente embaraçado ao ouvir que eu me perdera; na manhã seguinte, trouxe-me o jornal para me mostrar como eu escapara de boa por não ter dado com Yea!

— Sem suspeitar de nada?

— Ah! — prosseguiu Raffles, enquanto apagava o gás. — Esse é um pormenor que eu nunca consegui esclarecer. A égua e a sua cor eram uma referência (felizmente era um vulgar baio); desconfio que o estado em que o animal se encontrava dizia muito da história. As maneiras do médico tinham-se realmente alterado. Creio que ele suspeitou de alguma coisa, embora não da coisa certa. Eu não tinha confiança nele e receio que a minha aparência possa ter aumentado as suas suspeitas.

Perguntei a Raffles porquê.

— Costumava usar um bigode bastante farto, mas tirei-o um dia após ter perdido a inocência — concluiu.

Assassínio premeditado

Dos vários roubos a que ambos estivemos ligados, penso que só alguns poderão ser exaustivamente narrados. Não que os outros contenham detalhes cuja publicação devesse ser evitada: é, antes, a própria ausência de incidentes relevantes que os torna inúteis para efeitos de divulgação. De facto, os nossos planos eram tão astuciosamente planeados (por Raffles) que a eventualidade de um sarilho era invariavelmente reduzida ao mínimo antes de irmos ao trabalho. Podíamos ficar desapontados com o valor de mercado das nossas façanhas; mas, para nós, era precisamente a exceção encontrarmo-nos confrontados com impedimentos imprevistos, ou envolvidos em dilemas realmente dramáticos. Havia uma característica própria, mesmo no nosso saque; porque, claro, só as pedras mais preciosas valem o trabalho que temos e o risco que corremos. Resumindo: os nossos golpes de maior sucesso tornar-se-iam num aborrecimento confrangedor se narrados. E nenhum o seria mais do que o estúpido caso das esmeraldas Ardagh, umas oito ou nove semanas após o episódio do *cricket* em Milchester. O anterior, no entanto, teve um resultado que preferia esquecer.

Foi na noite a seguir ao nosso regresso da Irlanda. Estava no meu quarto à espera de Raffles, que, como de costume, se ausentara para negociar o saque com recetadores. Raffles tinha o seu próprio método de conduzir este aspeto vital dos nossos negócios. Escusado será dizer que me agradava deixá-lo inteiramente nas suas mãos. Creio que negociava sob um subtil disfarce de marginal, meio vistoso, meio vagabundo, utilizando a gíria *cockney*, da qual se tornara mestre. Por outro lado, utilizava sempre o mesmo contacto, que era ostensivamente um agiota e um recetador em pequena, mas apreciável escala. Na realidade, um velhaco tão notável como o próprio Raffles. Só recentemente tivera eu contacto com o homem, mas sob a minha própria identidade. Tínhamos precisado de capital para investir na preparação do golpe das esmeraldas, e eu levantei cem libras, nas condições que se espera de um falinhas-mansas de barba cinzenta e de sorriso insinuante, que faz vénias incessantemente, com os olhos astutos sempre a saltar de um canto para o outro, atrás de um par de óculos. O capital para investir e o resultado monetário do saque provinham, assim, desta mesma fonte... Uma circunstância que nos agradava a ambos.

E, naquela altura, estava a aguardar a chegada desse resultado monetário. Esperava com uma impaciência tanto maior quanto sentia o aproximar do anoitecer. Fiquei horas à janela, olhando quem passava, até que, com o cair da tarde, já dificilmente descortinava os rostos dos transeuntes. Começava a sentir-me atacado pelos piores pressentimentos e não foi sem um calafrio que ouvi o estrondo das portas do elevador a abrirem-se. Fiquei quase sem fôlego, até que uma pancada bem conhecida se seguiu na minha porta.

— Às escuras? — inquiriu Raffles, quando o arrastei para dentro. — Porquê, Bunny, o que aconteceu?

— Nada, visto que já chegou — respondi-lhe, enquanto fechava a porta num misto de alívio e de ansiedade. — Então? Então? Quanto conseguiu?

— Quinhentos.

— Enterrados?

— Tenho-os aqui no bolso.

— Oh, homem! — exclamei. — Nem sabe a aflição em que tenho estado. Vou acender a luz. Estava bastante preocupado consigo. Fui tão burro que pensei que algo correra mal!

Raffles sorria quando a luz branca encheu o quarto, mas, de momento, não percebi a singularidade do seu sorriso. A tola combinação dos temores anteriores e do alívio presente levou-me, estupidamente, a derramar algum uísque e a esguichar a gasosa por todo o lado, na ansiedade de celebrar o momento.

— Então pensou que me tinha acontecido alguma coisa? — perguntou Raffles, inclinando-se para trás na cadeira enquanto acendia um cigarro, e parecendo muito divertido. — O que diria se tivesse mesmo acontecido? Sente-se bem, meu caro amigo? Não foi nada que tivesse a mais pequena consequência, e agora terminou tudo. Uma longa e implacável perseguição, Bunny, mas julgo que estou já ao abrigo dela.

Reparei, subitamente, que o seu colarinho estava amachucado, o cabelo em desordem e as botas cobertas de poeira.

— A polícia? — murmurei, aterrado.

— Oh, não; só o velho Baird.

— O Baird! Mas não foi ele que levou as esmeraldas?

— Foi.

— Então porque o perseguiu?

— Meu caro amigo, digo-lhe se mo consentir. Realmente, não é nada que mereça grande excitação. O velho Baird descobriu finalmente que não sou o ladrão comum que pensava que eu era. Portanto, tem feito os possíveis por saber onde é o meu esconderijo.

— E chama a isso nada?

— Seria importante se ele tivesse tido êxito. Mas para isso ainda terá de suar muito. Admito, no entanto, que me forçou a demorar-me. Por enquanto, só conseguiu isso. Tudo deriva, no fim de contas, do facto de o meu «trabalho» ser tão longe de casa. Quando vi a velha besta com o jornal da manhã escancarado, com o relato do golpe, comecei a perceber o jogo. Ele sabia que o golpe deveria ter sido feito por algum fulano que poderia fazer-se passar por cavalheiro, e eu vi as suas sobrancelhas levantarem-se no momento em que lhe disse que era eu o homem. Fiz os possíveis para me sair airosamente — jurei que este parceiro era uma maravilha —, mas vi muito claramente que me tinha prejudicado. Ele desistiu de questionar. Pagou-me como se tivesse prazer nisso. Mas senti-o seguir-me quando regressei... Embora, claro, não me tivesse voltado para ver.

— Porque não?

— Meu caro Bunny, é a pior coisa que se pode fazer. Enquanto você não parecer desconfiado, o perseguidor mantém a distância, e enquanto se mantiverem as distâncias, temos a possibilidade de nos safarmos. Uma vez que mostra que está a ser seguido, ou foge ou luta, sem hesitações. Nem sequer olhei para os lados. E você nunca o faça quando estiver em idêntica situação. Estuguei o passo em direção a Blackfriars, e pedi um bilhete para High Street, Kensington, em voz bem alta; e, quando o comboio estava a sair de Sloane Square, saltei em andamento e trepei toda aquela escada como um foguete. Voltei para o estúdio por becos e travessas. Bem, para me sentir completamente seguro, mantive-me lá toda a tarde, não ouvindo nada de minimamente suspeito, e só desejando que tivesse uma janela por onde olhar em vez daquela estúpida claraboia. Pareceu-me que era o momento de sair. Não obstante, ocorreu-me, de súbito, que podia ter sido seguido até ali. Não tinha nada de concreto para o afirmar. Assim, acabei por sair com a minha roupa normal e... quase esbarrei no velho Baird!

— O que é que fez?

— Passei por ele como se nunca na vida lhe tivesse posto os olhos em cima. Nem sequer olhei para ele. Apanhei um táxi na King's Road e corri como um demónio até Clapham Junction; apressei-me para a plataforma mais próxima, sem bilhete, saltei para o primeiro comboio que vi, saí em Twickenham, caminhei todo encolhido de regresso a Richmond, apanhei o comboio para Charing Cross, e aqui estou! Pronto para um banho, trocar de roupa e preparado para o melhor jantar que o clube nos puder oferecer. Vim ter primeiro consigo porque pensei que pudesse estar a ficar ansioso. Acompanhe-me, que não me demoro.

— Tem a certeza de que o despistou? — perguntei enquanto colocávamos os chapéus.

— Estou certo disso, mas podemos tomar precauções! — disse Raffles, indo até à minha janela, onde parou por um minuto ou dois, olhando pela rua abaixo.

— Está tudo bem? — inquiri.

— Tudo bem — respondeu.

E descemos a escada imediatamente, seguindo depois para o Albany de braço dado, como bons companheiros.

Mas fizemos o caminho em silêncio. Eu, pela minha parte, pensava no que Raffles iria fazer quanto ao estúdio em Chelsea, até onde, para todos os efeitos, ele fora seguido com sucesso. Para mim, a questão parecia-me de vital importância e, quando lhe transmiti esta preocupação, respondeu-me que havia muito tempo para pensar nisso. As palavras que trocou seguidamente comigo vieram a propósito de um jovem nosso conhecido, a quem tínhamos acenado em Bond Street, e que começava a ganhar má reputação.

— Pobre Jack Rutter! — exclamou Raffles, com um suspiro. — Não há nada de mais triste do que ver um parceiro na mó de baixo. Está quase louco com a bebida e as dívidas; viu os olhos dele? A propósito, que estranho que o tivéssemos encontrado esta noite! Foi o velho Baird que me disse que o tinha esfolado. Cá eu tenho boas razões para esfolar o velho Baird!

A sua voz exprimia uma súbita e contida fúria, ainda mais sublinhada por um longo intervalo de silêncio, que se prolongou, na verdade, durante o admirável jantar no clube. Algum tempo depois, acomodámo-nos num canto sossegado da sala de fumo com os nossos cafés e charutos. Finalmente, quando vi Raffles olhar para mim com o seu indolente sorriso, percebi que aquele longo silêncio tinha chegado ao fim.

— Calculo que questione sobre o que tenho estado a pensar todo este tempo. Tenho estado a pensar que é tolice não levar as coisas até ao fim!

— Bem — disse-lhe, retribuindo o sorriso —, isso não é um erro que cometa, pois não?

— Não tenho a certeza — respondeu Raffles, expelindo lenta e pensativamente o fumo. — De facto, estava a pensar menos em mim do que naquele pobre diabo do Jack Rutter. Aí está um tipo que não leva as coisas até ao fim, mas que já está, ele próprio, a meio caminho do fim. Atente na diferença entre ele e nós: ele está debaixo da pata de um patife agiota; nós somos cidadãos com dinheiro. Ele entregou-se à bebida; nós estamos sóbrios. Os amigos começam a cortar relações com ele; a nossa dificuldade é manter os amigos afastados da porta. Enfim, ele implora ou pede emprestado, que é o mesmo que roubar um pouco; nós roubamos abertamente e saímo-nos bem. Obviamente, temos uma forma mais autêntica de atuar. No entanto, ainda não tenho a certeza, Bunny, de que estejamos a levar as coisas até ao fim!

— Porquê? Que mais podemos fazer? — atirei num murmúrio, olhando à volta para ter a certeza de que não éramos ouvidos.

— Que mais? — disse Raffles. — Bem, assassínio, por exemplo!

— Que parvoíce!

— Questão de opinião, meu caro Bunny; não vejo isso de ânimo leve. Já lhe disse que o mais importante homem vivo é aquele que cometeu um assassínio e ainda não foi apanhado; pelo menos, ele assim se deveria considerar, se bem que muito raramente tenha o espírito para se apreciar a si mesmo. Mas imagine! Pense que se reúne com pessoas, que lhes fala de diversos assuntos, entre os quais muito provavelmente acerca do próprio assassínio; e a saber que foi você que o cometeu; e imagine como eles ficariam se o soubessem! Oh, seria formidável, simplesmente formidável! Mas, além de tudo isto, quando fosse apanhado, teria um fim misericordioso e teatral. Ser-lhe-ia apresentada a fatura que pagaria poucas semanas depois, tendo direito a um acolhimento especial; não iria perder o vigor e o espírito num repouso aviltante de longos anos na «choça».

— Meu caro Raffles! — ri sarcasticamente. — Começo a desculpar-lhe ter estado mal disposto ao jantar.

— Mas eu nunca fui tão sincero na minha vida.

— Ora!

— A sério!

— Sabe muito bem que não cometeria um assassínio, fizesse você o que fizesse.

— Sei muito bem que vou cometer um esta noite!

Até então, tinha estado inclinado para trás no cadeirão, observando-me com um olhar penetrante sob as pálpebras descaídas, mas, ao dizer estas últimas palavras, endireitou-se e os seus olhos fixaram-se nos meus como aço frio de um sabre. Senti-me totalmente abalado: o significado desse olhar já não deixava dúvidas. Eu, que conhecia o homem, li crime nos seus punhos fechados, e crime nos seus lábios cerrados, e uma quantidade de crimes naqueles sérios olhos azuis.

— O Baird? — gaguejei, humedecendo os lábios com a língua.

— Claro.

— Mas afirmou-me que não interessava a questão do quarto em Chelsea.

— Menti.

— De qualquer modo, acabou por despistá-lo!

— Essa foi outra mentira. Não o despistei. Pensei que o tinha feito quando fui ter consigo esta noite; mas quando olhei pela janela para me certificar disso, lembra-se?, lá estava ele no passeio oposto.

— E não me disse nada!

— Não lhe ia estragar o jantar, Bunny, nem gostaria que estragasse o meu. Mas lá estava ele, em carne e osso! É claro, seguiu-nos até ao Albany. Um belo jogo para ele, um jogo ditado pelo seu maldito e velho coração; chantagem para mim, aliciamentos da polícia, um «leilão» entre um e outro, para ver quanto valho. Mas não serei objeto desse jogo, nem ele irá viver para o jogar, e o mundo terá menos um escroque. Você aí, por favor, traga-nos dois uísques com gasosa. Vou-me embora às onze, Bunny; é a única coisa a fazer.

— Quer dizer que sabe onde ele mora?

— Sim, vive sozinho em Willesden; o tipo, entre outras coisas, é um avarento. Há muito tempo que descobri tudo sobre ele.

Mais uma vez olhei à volta da sala; era um clube de jovens cavalheiros e os rapazes estavam rindo, conversando, fumando, bebendo por tudo quanto era canto. Um acenou-me através do fumo. Retribuí maquinalmente o aceno, e voltei-me de novo para Raffles com um gemido.

— Claro que lhe vai dar uma oportunidade! — incitei. — Basta o susto que terá ao ver a sua pistola para entrar na linha.

— Isso não o deterá!

— Mas, pelo menos, vai tentar assustá-lo, certo?

— Provavelmente irei tentar. Aqui vai uma bebida à sua saúde, Bunny. Deseje-me sorte.

— Eu também vou.

— Não quero que venha.

— Mas tenho de ir!

Havia um sinistro cintilar nos olhos azuis de aço.

— Para interferir?

— Não!

— Dá-me a sua palavra?

— Dou.

— Bunny, se não a cumprir...

— Também me pode abater!

— Com certeza que o farei — disse Raffles, com solenidade. — Portanto, vai por sua conta e risco, meu rapaz; mas já que vem... Bem, quanto mais depressa, melhor, porque ainda vou passar pelos meus aposentos.

Cinco minutos mais tarde, estava à espera dele, em Picadilly, à entrada do Albany. Tinha razões para permanecer cá fora. Era um pressentimento — meio esperança, meio receio — de que Angus Baird ainda pudesse andar atrás de nós. Se isso acontecesse, eu poderia lidar com ele de uma forma menos premeditada, menos fria, explicando o desenlace por um súbito e mau encontro com o agiota. Não o iria pôr de sobreaviso quanto ao perigo que se avizinhava, mas procuraria evitar a tragédia, desse por onde desse. Mas, de facto, não o encontrei. Quando Raffles e eu íamos a caminho de Willesden, tomei uma séria decisão. Não iria faltar à minha palavra se o pudesse evitar, mas era reconfortante sentir que o poderia fazer se me apetecesse, ainda que correndo o risco de um compreensível castigo. Confesso, porém, que as minhas boas intenções eram enfraquecidas por uma curiosidade devoradora. Debatia-me entre o fascínio e o terror.

Tenho uma pungente recordação do tempo que levámos a chegar ao local. Atravessámos St. James Park (ainda consigo ver as luzes cintilantes da ponte refletidas na água) e tivemos de esperar alguns minutos pelo último comboio para Willesden. Lembro-me de que saiu às 23h21 e de que Raffles se irritou ao perceber que não ia até Kensal Rise. Tínhamos de sair na Willesden Junction e atravessar caminhos, em pleno campo, que, por acaso, não conhecia. Por mim, não daria com a casa. Recordo-me, no entanto, que íamos por um carreiro escuro entre bosques e campos, quando os relógios começaram a bater a meia-noite.

— Iremos certamente encontrá-lo na cama a dormir.

— Espero que sim — respondeu Raffles, soturnamente.

— Então pensa arrombar a porta?

— Não há alternativa.

Eu nem sequer tinha pensado nisso, obcecado como estava com a perspetiva de um assassinato. Comparado com isto, roubar era uma bagatela, ainda que, entre uma coisa e outra, venha o diabo e escolha. Só via inconvenientes nesta ação. O homem estava *au fait* dos patifes e das patifarias. Estava, provavelmente, armado e podia, até, ser o primeiro a fazer fogo.

— Não podia desejar mais — retorquiu Raffles. — Será então homem contra homem, e que vá para o inferno o pior. Sei que não será um jogo limpo. Mas ele tem de morrer, de uma maneira ou de outra. Caso contrário, vamos ter sérios problemas.

— Seria melhor termos problemas do que resolver assim a questão.

— Então fique onde está, meu amigo. Disse-lhe que não o queria aqui; e é esta a casa. Portanto, boa noite!

Não conseguia ver casa nenhuma, apenas a esquina de um muro alto elevando-se solitário na noite, com a luz das estrelas cintilando sobre cacos de vidro partido. Divisei, depois, um portão alto de cor verde, eriçado de espigões, cuja frontaria se mostrava à luz débil de um poste de iluminação, que se erguia do outro lado da estrada recém-aberta. Parecia-me um caminho em terrenos para construção, só com esta casa construída, isolada, num dos extremos. Mas a noite estava demasiado escura para que conseguisse confirmar esta simples impressão.

Raffles, no entanto, tinha visto o local à luz do dia, e vinha preparado para os obstáculos inesperados. Empoleirara-se no portão e cravara rolhas de garrafas de champanhe sobre os espigões, colocando depois sobre elas o sobretudo. Recuei, quando ele tomou impulso para saltar pelo portão. Por meu lado, corri a segui-lo, agarrando-me aos espigões e às rolhas. Quando Raffles puxou pelo sobretudo, estava praticamente sobre ele.

— Decidiu-se a acompanhar-me, apesar de tudo?

— Decidi!

— Então, tenha cuidado; o lugar está cheio de arames com campainhas e de poças. Tem chovido como o diabo... Bom, fique quieto enquanto tiro as rolhas.

O jardim era muito pequeno e recente, com a relva ainda em torrões, mas com uma boa quantidade de loureiros já desenvolvidos nas filas de canteiros argilosos.

— Não roce neles — murmurou Raffles. — Não há nada que faça tanto ruído... Velhos manhosos!

Afastámo-los com cautela enquanto gatinhávamos pela relva.

— Ele foi para a cama!

— Acho que não, Bunny. Penso que nos viu.

— Porquê?

— Reparei numa luz.

— Onde?

— No rés-do-chão, por um instante, quando eu...

O seu sussurro interrompeu-se. Vira outra vez a luz, e eu também. Parecia uma barra dourada por baixo da porta da frente e, assim como surgiu, desapareceu. Reapareceu como um fio dourado por baixo da soleira... e desapareceu de vez. Ouvimos os rangidos provocados por alguém a descer uma escada e, em breve, também esse som terminaria. Não vimos nem ouvimos mais nada, embora estivéssemos parados na relva, atentos. Os nossos pés ficaram ensopados com o orvalho.

— Vou entrar — disse finalmente Raffles. — Afinal, é capaz de não nos ter visto. Oxalá não esteja enganado. Vamos, por aqui.

Caminhámos cuidadosamente pelo carreiro, mas o cascalho colava-se às nossas solas molhadas e estalava sob os passos quando entrámos numa pequena varanda coberta, com uma porta de vidro dando acesso ao interior. Fora através deste vidro que Raffles reparara, pela primeira vez, na luz. Procedia agora ao retirar de uma vidraça, com um diamante, um frasco de melaço e uma folha de papel pardo que, quase sempre, faziam parte da sua «caixa de ferramentas». Nem dispensou a minha ajuda, embora possa tê-la aceitado tão instintivamente como foi oferecida. Em qualquer dos casos, foram os meus dedos que ajudaram a espalhar o melaço no papel pardo, e fui eu quem encostou este último ao vidro até se ter completado o circuito e a vidraça cair suavemente nas nossas mãos.

Raffles introduziu seguidamente a mão, rodou a chave na fechadura e, esticando bem o braço, conseguiu destrancar o ferrolho da base da porta. Não havia mais trincos. Empurrámos a porta, mas ela não se abriu completamente.

— O que é aquilo? — murmurou Raffles, quando algo se espatifou sob os seus pés, mesmo à entrada.

— Um par de óculos — sussurrei, enquanto os apanhava.

Segurava a armação partida, ainda com pedaços de lentes, quando Raffles tropeçou e quase caiu, com uma exclamação de sobressalto que não evitou conter.

— Cuidado! — supliquei em pânico. — Ele ainda nos ouve!

Como resposta, e para meu espanto, ouvi o bater dos seus dentes. Depois, escutei o manuseio de uma caixa de fósforos até que ele acendeu um.

— Não, Bunny, ele já não nos pode ouvir! — murmurou Raffles, que estava ainda ajoelhado. Ergueu-se e acendeu o gás com o mesmo fósforo quase a apagar-se.

Angus Baird jazia estendido no chão, morto, com os cabelos grisalhos empapados em sangue; junto a ele, um atiçador cuja extremidade negra brilhava; num canto, a sua secretária, vasculhada, em desordem. Um relógio fazia um tique-taque ruidoso sobre a lareira. Durante um tempo, que pareceu uma eternidade, não houve outro ruído.

Raffles estava muito quieto, olhando fixamente o morto, como um homem pode fixar um abismo depois de cavalgar cegamente até à sua beira. Ouvia-se com clareza a sua respiração. Mantinha-se imóvel, com os lábios selados em mudo espanto.

— Aquela luz! — interrompi roucamente. — A luz que vimos por baixo da porta!

Voltou-se para mim.

— É verdade. Tinha-me esquecido. Foi aqui que a vi primeiro!

— Então o assassino ainda deve estar lá em cima!

— Se está, pomo-lo já em debandada. Vamos!

Em vez disso, agarrei-lhe o braço, implorando que refletisse... aquele seu inimigo já estava morto... que certamente seríamos implicados... que, agora ou nunca, era a altura de escaparmos. Ele sacudiu-me numa súbita e impaciente fúria com uma expressão temerária nos olhos e, convidando-me a salvar a pele se eu quisesse, mais uma vez me virou as costas, e desta vez hesitei em acompanhá-lo. Olvidara-se acaso da missão que o levara ali? Estaria decidido a que a noite terminasse num desastre? Enquanto me questionava, Raffles fazia ranger a escada sob os seus pés, tal como tinham rangido sob os do assassino; e o instinto que o levara a enfrentar o novo risco surgiu também em mim, num lento despertar. Podíamos deixar fugir o assassino? A minha resposta foi a de subir a escada e alcançar Raffles no patamar. Apresentavam-se três portas: a primeira estava aberta para um quarto com a cama voltada ao contrário, mas não destruída; a segunda dava para um quarto vazio em todos os sentidos; a terceira porta estava fechada. Raffles acendeu o gás do patamar.

— Ele está ali dentro — afirmou, sacando do revólver. — Lembra-se de como costumávamos abrir as portas da escola? Aqui vai!

A sua sola do pé abateu-se sobre a fechadura, que cedeu. A porta abriu-se de repente e, com uma súbita corrente de ar, a chama do gás, no patamar, inclinou-se toda como um bote numa borrasca; quando a chama se tornou a endireitar, vi uma banheira, duas toalhas de banho amarradas com um nó, uma janela aberta, uma figura agachada... e Raffles espantado na soleira.

— Jack... Rutter?

As palavras saíram pesadas e lentas, com espanto horrorizado. Com o mesmo espanto ouvi-me a repeti-las, enquanto a figura agachada junto da janela da casa-de-banho se punha gradualmente de pé.

— Você! — murmurou o outro num espanto em nada inferior ao nosso. — Vocês dois! O que quer isto dizer, Raffles? Vi-o trepar ao portão; tocou numa campainha, esta zona está cheia delas. Depois, arrombou a porta! O que significa tudo isto?

— Nós podemos responder a isso quando nos disser o que diabo você fez, Rutter!

— O que fiz? O que fiz? — o infeliz desgraçado apareceu à luz com os olhos injetados de sangue, pestanejando, e com a frente da camisola cheia de sangue. — Você sabe... viu... mas eu conto se quiser. Matei um ladrão! Apenas isso! Matei um ladrão, um usurário, um chacal, um chantagista, o vilão mais esperto e mais cruel do mundo. Estou pronto para ser enforcado por causa dele. Mas matava-o outra vez!

E olhou-nos ferozmente, com uma expressão de desafio, o tórax arquejante e os maxilares cerrados como pedra.

— Querem que vos conte como aconteceu? — prosseguiu com veemência. — Fez da minha vida um inferno nestes últimos meses. Possivelmente, estarão ao corrente. Um perfeito inferno.

«Bem, esta noite cruzei-me com ele na Bond Street. Lembram-se de quando vos encontrei? Ele estava a poucos metros. Ia na sua peugada, Raffles. Ao ver-me acenar para vós, parou para me perguntar quem você era. Parecia ansioso por saber. Não consegui perceber porquê, e também não me importei, pois vi nesse momento a minha oportunidade. Disse que lhe contaria tudo sobre você, mas em privado. Respondeu-me que não. Retorqui que era importante e segurei-o pelo casaco; quando o larguei, já você tinha desaparecido. Ele correu para vos tentar apanhar, mas era inútil. Aguardei propositadamente o seu regresso. Vinha, com efeito, desesperado. Perguntou-me onde e quando queria o encontro. Aproveitando a minha situação de vantagem, forcei a marcação do encontro em casa dele, jurando que lhe contaria tudo sobre si nessa altura. Bom, quando aqui chegámos, obriguei-o a dar-me alguma coisa para comer, empatando-o sempre; e, por volta das dez, ouvi o portão ser fechado. Esperei um pouco e depois perguntei-lhe se vivia sozinho.

«— Não, senhor — respondeu-me.— Não viu a criada?

«Confirmei que a tinha visto, mas julgava que a ouvira sair; se estivesse enganado, sem dúvida que apareceria quando fosse chamada; e chamei-a três vezes com toda a minha força. Claro que não havia criada nenhuma. Eu já sabia, pois tinha-o vindo ver, numa noite da semana anterior, e fora ele quem me recebera ao portão, não o abrindo. Bem, quando acabei de gritar, e sem que qualquer pessoa se tivesse aproximado, ele estava tão branco como o teto. Então, disse-lhe que por fim podíamos ter a nossa conversa. Tirei o atiçador da lareira, enquanto o acusava de me ter roubado. Mas, por Deus, não me roubaria mais. Dei-lhe três minutos para escrever e assinar um acordo a abdicar de todas as pérfidas exigências quanto à minha pessoa. Caso contrário, espalhava-lhe os miolos pela alcatifa. Ele refletiu um minuto e depois foi à secretária buscar papel e caneta. Quase imediatamente a seguir estava de volta com um revólver. Nem sequer hesitei. Golpeei-o na cabeça. Ele ainda fez fogo por duas ou três vezes e falhou... Poderá encontrar os furos das balas, se quiser; mas eu fartei-me de lhe bater... como lhe bati! Fi-lo num estado de fúria indescritível. E depois não me importei. Fui à sua secretária procurar as minhas faturas, e preparava-me para me vir embora quando vocês apareceram. Disse-vos que não me importava, nem me importo; mas ia entregar-me esta noite, e ainda vou; portanto, como veem, amigos, não vos vou causar problemas!»

Tinha terminado. E ali estávamos nós, parados no patamar da casa isolada, sentindo ainda nos nossos ouvidos o eco da voz baixa, rouca e ansiosa; lá em baixo, um homem assassinado e, à nossa frente, o seu impenitente assassino. Sabia a quem a impenitência iria agradar, quando escutasse a história, e não estava enganado.

— Isso é tudo uma tolice! — cortou Raffles, após aquele intervalo de silêncio. — Não vamos permitir que se entregue.

— Não me devem deter! Para que serviria? A mulher viu-me; era só uma questão de tempo; e não consigo enfrentar a espera. Pense bem: esperar até que a mão de um agente caia sobre o meu ombro! Não, não, não; vou-me entregar e acabar com isto.

O tom da sua voz mudara; gaguejava, repisava. Era como se, à sugestão de encobrimento e fuga, compreendesse de súbito a delicadeza da sua situação.

— Mas escute-me — pediu Raffles. — Nós próprios estamos aqui por nossa conta e risco. Entrámos aqui como ladrões para reparar uma injustiça idêntica à que foi feita consigo. Mas não percebe? Partimos uma vidraça... fizemo-lo como vulgares ladrões. Assim, vamos tornar-nos os principais suspeitos do crime!

— Acha que não suspeitarão de mim?

— Acho.

— Mas não quero escapar impune! — exclamou Rutter histericamente. — Matei-o. Sei isso. Mas foi em legítima defesa; não foi assassínio. Devo ser responsável e arcar com as consequências. Fico louco se não o fizer.

As suas mãos contorciam-se; os lábios tremiam; tinha lágrimas nos olhos. Raffles agarrou-lhe asperamente o ombro.

— Escute-me, seu parvo! Se nós os três formos, aqui e agora, apanhados, sabe quais serão as consequências? Ficamos pendurados numa corda daqui a seis semanas! Você fala como se estivesse num clube; não sabe que é uma da manhã, as luzes estão acesas e está um homem morto lá em baixo? Pelo amor de Deus, controle-se e faça o que lhe digo. Caso contrário, também você será um homem morto.

— Quem me dera sê-lo! — soluçou Rutter. — Quem me dera ter o revólver dele para estoirar os miolos. Está algures debaixo dele! Ó meu Deus, meu Deus!

Tinha os joelhos a tremer; o frenesi da reação estava no auge. Tivemos de o levar para baixo, amparado entre nós, e de assim o conduzir, pela porta da frente, para o ar livre.

Tudo estava calmo no exterior. Tudo menos o infeliz desgraçado que soluçava e sufocava. Raffles regressou por um momento à casa;

então tudo ficou às escuras. O portão abriu-se por dentro; fechámo-lo cuidadosamente atrás de nós; e assim deixámos as estrelas brilhando sobre os vidros partidos e os espigões polidos, tal qual os tínhamos encontrado.

Fugimos. Uma fuga sem história. O nosso assassino parecia resolvido a ir para o cadafalso: embriagado com o seu feito, dava mais problemas do que seis homens ébrios. Mais de uma vez ameaçámos abandoná-lo à sua sorte, lavar dali as nossas mãos. Mas uma sorte incrível e imerecida estava connosco. Não encontrámos vivalma até Willesden. E alguém se iria lembrar de dois jovens com laços brancos torcidos, segurando um terceiro em condições que aparentemente não davam lugar a qualquer dúvida, quando os jornais da tarde dessem a conhecer à cidade a terrível tragédia de Kensal Rise?

Caminhámos até Maida Vale, e daí fomos diretamente para os meus aposentos. Mas só eu subi a escada; os outros dois prosseguiram até ao Albany. Não voltei a ver Raffles nas quarenta e oito horas seguintes. Não estava no seu quarto quando o fui procurar de manhã, nem tinha deixado recado. Quando reapareceu, os jornais não falavam de outra coisa senão do assassínio; e o homem que o cometera estava em pleno Atlântico, um vulgar passageiro de terceira classe em viagem de Liverpool para Nova Iorque.

— Não houve necessidade de discutir com ele — contou-me então Raffles. — Ou fazia uma confissão completa de tudo ou fugia do país. Portanto, instalei-o de emergência no estúdio, e apanhámos o primeiro comboio para Liverpool. Nada o convenceu a ficar sentado a gozar calmamente a paisagem como eu o faria se estivesse no seu lugar; e tudo correu bem e à tangente! Fui depois ao seu apartamento para destruir alguns papéis e quem encontrei? A polícia! Tinham já um mandado contra ele! Se não conseguirem executar o mandado, não tenho disso a menor culpa!

Após todos estes anos, também creio que a culpa não foi minha.

Uma questão de justiça

— Bem — disse Raffles. — O que pensa disto?

Li o anúncio mais uma vez antes de responder. Vinha na última coluna do *Daily Telegraph*, e dizia:

RECOMPENSA DE DUAS MIL LIBRAS

A soma citada pode ser ganha por quem for qualificado para empreender uma missão delicada e preparado para correr certos riscos.

Resposta por telegrama,

Security, Londres.

— Penso que é o anúncio mais extraordinário que já foi publicado!

Raffles sorriu.

— Não é bem assim, Bunny; no entanto, é bastante extraordinário, garanto-lhe.

— Repare na quantia.

— É realmente uma soma enorme.

— E a missão... e o risco!

— Sim, a combinação é, no mínimo, óbvia. Mas o aspeto realmente original é pedir respostas por telegrama para um endereço telegráfico! Há algo de estranho no tipo que pensou nisso, e algo de bizarro no seu jogo; com uma palavra, ele desembaraça-se da enorme quantidade de pessoas que respondem habitual e diariamente a anúncios, desde que isso não as obrigue a gastar demasiado dinheiro.

A minha resposta custou-me cinco xelins; mas nessa altura paguei antecipadamente outra.

— Não me diga que se candidatou.

— Claro — respondeu Raffles. — Quero tanto duas mil libras como qualquer homem.

— Assinou com o seu próprio nome?

— Bem... não, Bunny, não assinei. Na verdade, cheira-me a esturro e sabe como sou cuidadoso. Assinei como Glasspool, ao cuidado de Hickey, Conduit Street, 38; é o meu alfaiate e, depois de mandar o telegrama, fui lá e disse-lhe o que esperava. Prometeu-me mandar a resposta assim que a recebesse. Não me surpreenderia se estivesse a chegar.

E levantou-se antes de se ouvir no quarto uma segunda pancada na porta, para voltar logo a seguir com um telegrama aberto e um ar surpreendido.

— O que pensa disto? — perguntou. — Security... É aquele tipo, o Addenbrooke, advogado da polícia, e quer ver-me imediatamente!

— Então conhece-o?

— Só de reputação. Espero que ele não me conheça. É o tipo que apanhou seis semanas por cometer uma infração à lei no caso Sutton-Wilmer; toda a gente se espantou por não ter sido afastado. Em vez disso, adquiriu uma ampla experiência do lado errado da vida e todo o patife com problemas vai logo ter com o Bennett Addenbrooke. É provavelmente o único homem com coragem para pôr um anúncio como este e o único que o pode fazer sem levantar suspeitas. É simplesmente o seu modo de atuar; mas pode estar certo de que há algo de sombrio por trás disto tudo. O mais bizarro é que, já há muito tempo, me tinha decidido a ir falar com o Addenbrooke, na eventualidade de surgir algum problema.

— E agora vai ter com ele?

— Sim, vou — respondeu Raffles, escovando o chapéu —, e você também.

— Mas vim cá para o levar a almoçar.

— Vai almoçar comigo depois de termos visto este cavalheiro. Vamos, Bunny. Escolheremos pelo caminho o nome que vai usar. O meu é Glasspool. Não se esqueça.

Bennett Addenbrooke ocupava vários gabinetes na Wellington Street, no Strand, e estava fora quando lá chegámos. Mas só tinha saído para «dar uma saltada ao tribunal». Passados cinco minutos, apareceu um homem ativo, enérgico e resoluto, com um ar de autoconfiança e até de exuberância. Os seus olhos escuros abriram-se muito ao deparar com Raffles.

— Senhor... Glasspool? — indagou o advogado.

— É o meu nome — cortou Raffles, com uma seca desfaçatez.

— Não me parece! — contestou o outro astutamente. — Meu caro senhor, vi-o demasiadas vezes jogar *cricket* para me poder enganar.

Por um momento, Raffles fitou-o com uma expressão séria; a seguir, encolheu os ombros e sorriu, e o sorriso transformou-se num riso cínico.

— Foi a sua vez de me fintar, não é assim? Bem, acho que não há nada para explicar. Embora não gostasse de envolver o meu nome, a verdade é que estou necessitado de dinheiro e quero essa recompensa de duas mil libras.

— Duas mil libras — disse o advogado — e um homem que não se importe de usar um pseudónimo. É precisamente o tipo de pessoa que pretendo. Não há, pois, motivo para se preocupar, meu caro senhor. O assunto, no entanto, é de carácter absolutamente privado e confidencial — acrescentou, olhando diretamente para mim.

— Muito bem — respondeu Raffles. — Mas não havia algo sobre correr riscos?

— Há, de facto, um certo risco.

— Então, certamente que três cabeças serão melhor que duas. Disse-lhe que queria o dinheiro, metade para mim, metade para o meu amigo. Estamos ambos na mesma situação e, ou trabalhamos juntos neste caso, ou nada feito. Também precisa do nome dele? Se fosse a si, Bunny, dizia-lhe o verdadeiro nome!

O Sr. Addenbrooke levantou as sobrancelhas quando leu o cartão que lhe dei; depois, tamborilou nele com as unhas, e o seu embaraço exprimiu-se num sorriso confuso.

— O facto é que tenho um problema — confessou por fim. — Os senhores são os primeiros a responder ao anúncio. As pessoas que podem pagar telegramas não ligam aos anúncios do *Daily Telegraph*; mas, por outro lado, não estava preparado para receber respostas de cavalheiros como os senhores. Poderá parecer ingenuidade minha, mas, nesta circunstância, não tenho a certeza de serem as pessoas que me convêm... Os senhores pertencem à alta sociedade! A minha intenção era arranjar gente... com espírito aventureiro.

— Nós somos aventureiros — replicou Raffles, com ar grave.

— Mas respeitam a lei?

Os olhos escuros cintilaram astutamente.

— Não somos malfeitores profissionais, se é isso que quer dizer — respondeu Raffles, sorrindo. — A não ser quando estamos falidos. Faríamos bastantes coisas por mil libras cada um, não é assim, Bunny?

— Qualquer coisa — murmurei.

O advogado deu uma pancada na secretária.

— Então, vou dizer-vos o que quero que façam, embora possam recusar. Trata-se de uma ação ilegal, mas é por boa causa; esse é o risco, e o meu cliente está preparado para o pagar. Ele pagará mesmo no caso de falhanço; o dinheiro dele é tão bom como o vosso, uma vez que aceitam correr esse risco. O meu cliente é o *sir* Bernard Debenham, de Broom Hall, no Esher.

— Conheço o filho dele — afirmei.

Raffles também o conhecia, mas não disse nada, e os seus olhos fitaram-me desaprovadoramente. Bennett Addenbrooke virou-se para mim.

— Então, tem o privilégio de conhecer o mais jovem patife da cidade e o *fons et origo* de todo o problema. Como conhece o filho, pode conhecer o pai, quando mais não seja de ouvir falar. Nesse caso, não preciso de dizer-lhe que é um homem muito especial. Vive sozinho num armazém de tesouros nos quais nunca ninguém pôs os olhos. Diz-se que tem a melhor coleção de quadros do sul da Inglaterra, embora nunca ninguém os tenha visto para julgar; quadros, violinos e mobílias são o seu *hobby*. Trata-se, sem dúvida, de uma pessoa muito excêntrica. E ninguém pode negar que tem havido bastante excentricidade no modo como trata o filho. Durante anos, o *sir* Bernard pagou as suas dívidas até que, há pouco, sem o mais pequeno aviso, não só se recusou a pagá-las, como também deixou de dar a mesada ao rapaz. Bem, conto-vos o que aconteceu; mas, antes de mais, devem saber, ou até se lembram, que defendi o jovem Debenham numa pequena embrulhada em que ele se meteu há um ou dois anos. Consegui safá-lo, e o *sir* Bernard pagou-me logo de forma generosa. E nunca mais ouvi ou vi qualquer coisa deles até à semana passada.

O advogado puxou uma cadeira para perto de nós, e inclinou-se para a frente com uma mão em cada joelho.

— Na terça-feira da semana passada recebi um telegrama do *sir* Bernard em que me pedia para ir ter com ele imediatamente. Encontrei-o à minha espera no exterior. Sem uma palavra, conduziu-me diretamente para a sua galeria de arte, que estava fechada à chave e às escuras. Levantou um estore e, imóvel e mudo, apontou simplesmente para uma moldura vazia. Decorreu bastante tempo até que retomasse a palavra. Então, por fim, disse-me que aquela moldura tinha contido um dos quadros mais raros e valiosos de toda a Inglaterra, mesmo do mundo, um Velázquez original. Aliás, eu mesmo fiz a minha investigação e cheguei a idêntica conclusão. O quadro era um retrato da Infanta Maria Teresa, e é considerado um dos mais belos trabalhos do artista, encontrando-se só a esse nível um outro retrato de um dos papas, segundo me disseram na Galeria Nacional, onde sabiam a sua história de cor. Confirmaram-me que o quadro tem um valor inestimável. E o jovem Debenham vendeu-o por cinco mil libras!

— Com os diabos! — exclamou Raffles.

Perguntei quem o comprara.

— Um jurista de Queensland, de nome Craggs... Respeitável membro do Conselho Legislativo, John Montague Craggs, para ser mais preciso. Não que soubéssemos alguma coisa acerca dele na passada terça-feira, nem sequer temos a certeza de que o jovem Debenham tenha roubado o quadro. Mas na segunda-feira à noite tinha pedido dinheiro ao pai, o que lhe foi negado. Tornava-se claro que, subsequentemente, se tivesse servido desse meio para arranjar dinheiro. Jurara vingança aquando da recusa, e aí estava ela. Óbvio que, quando o procurei na cidade, na terça à noite, confessou-me, da maneira mais descarada que possam imaginar, ter sido ele o autor do feito. Mas não me quis dizer quem era o comprador. Gastei o resto da semana a descobri-lo. Acabei por conseguir e, de então para cá, tenho andado numa roda-viva. De um lado para outro, entre Esher e o *Metropole*, onde se alberga o homem de Queensland, e aonde vai duas vezes por dia. Tenho sacado de ameaças, ofertas, pedidos, súplicas, e o cavalheiro não se comove!

— Mas — interrompeu Raffles — parece-me que o caso é absolutamente claro! A venda foi ilegal; pode entregar-lhe o dinheiro e obrigá-lo a devolver o quadro.

— Exatamente, mas não sem uma ação e escândalo público, e isso o meu cliente não aceita. Preferia perder o quadro a ter a história escarrapachada nos jornais. Deserdou o filho, mas não o quer desonrar; no entanto, pretende reaver o quadro seja de que maneira for. E é aí que reside o problema! Tenho de o recuperar seja por que meios forem. Ele dá-me *carte blanche* na matéria, e acredito até que passaria um cheque em branco se lho pedissem. Ele ofereceu um ao homem de Queensland, mas Craggs simplesmente rasgou-o ao meio. Ambos os velhos têm muita personalidade, e entre os dois venha o diabo e escolha.

— Então, decidiu-se pelo anúncio no jornal? — inquiriu Raffles, no tom seco que adotara ao longo da entrevista.

— Sim, como último recurso.

— E quer que nós roubemos o quadro?

A pergunta atingiu o alvo. O advogado corou até à raiz dos cabelos.

— Eu sabia que os senhores não eram as pessoas indicadas! — gemeu. — Nunca pensei em homens como os senhores! Mas não é roubar — argumentou acaloradamente —, é recuperar uma propriedade roubada. Além disso, o *sir* Bernard reembolsará o outro das cinco mil libras gastas logo que tenha o quadro. Compreendem que o velho Craggs esteja tão relutante em o perder como o próprio *sir* Bernard. Não, não... É um feito, uma aventura, se quiserem... Mas não um roubo.

— Foi o senhor que se referiu a algo de ilegal — murmurou Raffles.

— Além do risco — acrescentei.

— Nós pagamos tendo isso em consideração — retorquiu o outro uma vez mais.

— Mas não o suficiente — disse Raffles, abanando a cabeça. — Meu caro senhor, considere o que está em jogo para nós. Repare que não só seríamos expulsos dos meios da alta sociedade, como enfiados na prisão enquanto vulgares ladrões! É verdade que estamos falidos, mas o preço não compensa. Dobre a parada e disporá de mim.

Addenbrooke balançou-se.

— Acha que o consegue tirar de lá?

— Podemos tentar.

— Mas não têm...

— Experiência? Bem, pouca!

— E correria realmente o risco por quatro mil libras?

Raffles olhou para mim. Acenei que sim.

— Correríamos — respondeu —, com todo o gosto!

— É mais do que posso pedir ao meu cliente para pagar — cortou Addenbrooke, com firmeza.

— Então é menos do que será o nosso risco.

— Encaram isto com seriedade?

— Sim.

— Digamos três mil, se forem bem-sucedidos!

— Quatro é o nosso número, Sr. Addenbrooke.

— Então, se falharem, nada receberão!

— Ganhar ou perder? — atirou Raffles. — Bem, é como no desporto. Aceito!

Addenbrooke abriu a boca, soergueu-se, voltou a sentar-se e, por fim, olhou demorada e astutamente para Raffles, e nem uma vez para mim.

— Conheço a sua maneira de jogar — disse, como se falasse consigo próprio. — Sempre que quero descontrair, vou até ao Lorde assistir a um jogo de *cricket* e sei que o senhor é um excelente jogador. Não esqueço o último encontro dos *Gentlemen* contra os *Players*. Assisti ao jogo. O senhor utiliza todos os estratagemas... Todos... Estou inclinado a pensar que se há alguém que possa jogar contra este velho australiano... Bolas, acredito que é o homem certo!

O acordo foi fechado no Café Royal, onde Bennett Addenbrooke insistiu em fazer de anfitrião num pródigo almoço. Lembro-me de ele ter bebido champanhe em quantidade apreciável, situação típica de um homem com os nervos tensos. Por meu lado, acompanhei-o na bebida para que não se sentisse só. Quanto a Raffles, sempre modelar em tais questões, foi ainda mais abstémio do que é costume, constituindo fraca companhia. Ainda o estou a ver, com os olhos no prato... pensando... pensando. Ainda estou a ver o advogado olhando de mim para ele, com uma apreensão que fiz os possíveis por afastar com olhares confiantes. Ao terminar, Raffles pediu desculpa pelo seu alheamento, solicitou um horário de comboios e anunciou a sua intenção de apanhar o das 15h20 para Esher.

— Tem de me desculpar, Sr. Addenbrooke — rogou —, mas surgiu-me uma ideia e, de momento, preferia guardá-la para mim. Pode acabar num fiasco, pelo que acho melhor, por enquanto, não falar sobre ela a nenhum de vós. Mas preciso de falar com o *sir* Bernard. Poderia escrever-me um cartão de apresentação dirigido a ele? É óbvio que, se o desejar, acompanha-me e ouve o que tenho para dizer; mas, realmente, não vejo grande interesse nisso.

Como de costume, Raffles fazia as coisas à sua maneira. Bennett Addenbrooke revelou algum aborrecimento quando ele partiu, e eu próprio compartilhava desse sentimento. Limitei-me a dizer-lhe que era típico de Raffles ser independente e reservado, mas que não conhecia ninguém que possuísse metade da sua audácia e determinação; acrescentei que, pela minha parte, confiava cegamente nele e o deixava agir sempre à sua maneira. Mais não ousei dizer, nem mesmo para dissipar a profunda desconfiança que sentia no advogado quando nos despedimos.

Naquele dia não voltei a ver Raffles, mas recebi um telegrama quando me estava a vestir para o jantar:

Esteja no seu quarto a partir do meio-dia de amanhã e mantenha-se disponível toda a tarde.

Raffles

Tinha sido expedido de Waterloo às 18h42.

Raffles, portanto, estava de regresso à cidade; numa fase mais inicial do nosso relacionamento teria ido à procura dele aqui e ali, mas agora conhecia-o melhor. O seu telegrama queria dizer que não desejava a minha companhia naquela noite nem na manhã seguinte; e que, quando me quisesse ver, logo apareceria.

E realmente vi-o, pela uma da tarde do dia seguinte. Estava à espera dele à minha janela em Mount Street, quando apareceu a toda a velocidade numa carruagem, e dela saltou sem uma palavra. Logo a seguir, deparei com ele à porta do elevador, tendo-me praticamente empurrado de volta para os meus aposentos.

— Cinco minutos, Bunny! — exclamou. — Nem mais um minuto.

E atirou com o casaco, lançando-se na cadeira mais próxima.

— Estou numa corrida contra o tempo! — arquejou. — Nem uma palavra até lhe ter contado tudo o que fiz. Estabeleci o meu plano ontem ao almoço. A primeira coisa era chegar até este homem, o Craggs; não se pode assaltar um local como o *Metropole*, a coisa tem de ser feita a partir do interior. Problema número um, como chegar até ao fulano. Só um único pretexto serviria: tinha de ser alguma coisa relacionada com este maldito quadro para que pudesse saber onde ele o tem e tudo o mais. Bem, não podia chegar e pedir para o ver, só por curiosidade. Também não me podia apresentar como representante do anterior proprietário. Foi por refletir nestes problemas que fui fraca companhia durante o almoço. Cheguei finalmente a uma conclusão. Se pudesse possuir uma cópia do quadro, pediria autorização para ir compará-lo com o original. Por isso, fui a Esher descobrir se havia uma cópia, e estive em Broom Hall durante uma hora e meia ontem à tarde. Lá, não havia nenhuma cópia, mas devem existir, pois o *sir* Bernard permitira que fizessem um par de cópias a partir do original que possuía. Ele procurou as moradas dos pintores, e eu passei o resto da tarde a descobrir os próprios pintores; mas o trabalho deles fora feito por encomenda. Uma cópia saíra do país, e ainda estou atrás da outra.

— Então ainda não encontrou o Craggs?

— Vi-o e fiz amizade com ele. Pareceu-me ainda mais manhoso do que o *sir* Bernard. Mas você deve estudá-los a ambos. Agarrei o boi pelos cornos esta manhã, fui lá e menti como Ananias, e foi o melhor que fiz; o velho malandro parte amanhã num navio para a Austrália. Disse-lhe que um homem me queria vender uma cópia da célebre Infanta Maria Teresa, de Velázquez, e que eu fora ter com o que supunha ser o dono do quadro. Este, porém, informara-me que o vendera ao Sr. Craggs. Devia ter visto a cara dele quando lhe disse isto! Arreganhou os dentes todos. «O velho Debenham admitiu a venda?», perguntou. Quando o confirmei, riu-se em silêncio durante praticamente cinco minutos. Estava tão satisfeito que fez precisamente o que esperava que fizesse; mostrou-me o magnífico quadro (felizmente não é de maneira nenhuma grande) e também o estojo que o continha. É um porta-mapas em ferro no qual ele trouxe o levantamento dos seus terrenos em Brisbane; comentou-me que dificilmente alguém iria desconfiar que também nele havia um Velho Mestre da pintura. Adaptara-lhe, porém, nova fechadura e eu consegui prestar atenção à chave enquanto ele olhava com admiração a tela. Tinha já a cera na palma da mão, e vai ser fácil fazer um duplicado esta tarde.

Raffles olhou para o relógio e deu um salto, dizendo que já estava atrasado.

— A propósito — acrescentou —, tem de ir jantar com ele hoje ao *Metropole*!

— Eu?

— Sim! Não fique tão assustado. Fomos os dois convidados... Garanti que tinha um jantar marcado consigo, e ele aceitou que também viesse. Acontece, porém, que eu não vou a esse jantar.

Os seus olhos claros fixavam-me, brilhando com ar travesso. Implorei-lhe que me explicasse o que queria dizer.

— Estará na sala de jantar privativa, que fica junto ao quarto — respondeu Raffles. — Mantenha-o consigo o mais que conseguir, Bunny. Arranje motivo para conversa!

Num relâmpago, percebi o seu plano.

— Vai buscar o quadro enquanto jantamos?

— Vou.

— Se ele o ouve...!

— Não ouve.

— Mas se ouve!

Estremeci realmente com o pensamento.

— Se ouvir — disse Raffles —, haverá um conflito, só isso. Os revólveres sairão dos coldres no *Metropole*, mas levo seguramente um colete à prova de bala.

— Mas é terrível! — exclamei. — Estar sentado a conversar com um indubitável estranho e saber que você está a trabalhar no quarto ao lado!

— São duas mil libras para cada um — retorquiu Raffles calmamente.

— Por mim, desistia!

— Não acredito, Bunny. Conheço-o melhor do que você a si próprio!

Vestiu o casaco e pôs o chapéu.

— A que horas tenho de lá estar? — perguntei, com um gemido.

— Um quarto para as oito. Haverá um telegrama meu a dizer que não posso aparecer. Ele fala que se desunha, não terá dificuldade em manter a conversa; mas faça os possíveis para ele não pensar no quadro. Se ele se oferecer para lho mostrar, diga-lhe que tem de se ir embora. Ele fechou cuidadosamente o estojo esta tarde e não há razão no mundo para que o torne a abrir ainda neste hemisfério.

— Onde é que o encontro depois, quando me vier embora?

— Devo estar em Esher. Espero apanhar o comboio das 21h55.

— Mas conseguimos estar esta tarde? — perguntei impetuosamente, pois ele já tinha a mão na porta. — Ainda não estou preparado! Sei que vou fazer uma barafunda.

— Você não — respondeu-me —, mas eu sim, se perder mais tempo. Ainda tenho o diabo de uma quantidade de coisas para fazer. Não me encontrará no meu quarto. Porque não vai para Esher no último comboio? É isso... leva-me as novidades! Digo ao velho Debenham para contar consigo. Alberga-nos a ambos. Vai tratar-nos muito bem, se receber o quadro.

— Se...! — gemi, enquanto ele me acenava um adeus, deixando--me prostrado de apreensão, agoniado de medo, numa condição perfeitamente lamentável de puro terror.

Porque, apesar de tudo, tinha de desempenhar o meu papel; a não ser que Raffles falhasse onde nunca falhara, a não ser que o perfeito e silencioso Raffles fosse dessa vez desajeitado e inepto, tudo o que eu tinha a fazer era, na verdade, sorrir sempre e ser um velhaco. Pratiquei esse sorriso metade da tarde. Ensaiei conversas hipotéticas. Inventei histórias. No clube, mergulhei num livro sobre Queensland. Até que chegaram as 19h45, altura em que cumprimentei um homem confiante, com uma pequena cabeça calva e uma testa retraída.

— Então o senhor é o amigo do Sr. Raffles? — inquiriu, examinando-me com bastante rudeza, com os seus pequenos olhos brilhantes. — Sabe alguma coisa dele? Esperava-o mais cedo para me mostrar qualquer coisa, mas não apareceu.

Nem, evidentemente, o seu telegrama; e os meus problemas começavam a surgir. Respondi que não via Raffles desde a uma da tarde, exprimindo-me com a máxima convicção possível. Quando estávamos a falar, houve uma pancada na porta; era finalmente o telegrama. Depois de o ter lido ele próprio, estendeu-mo.

— Foi chamado para fora da cidade! — resmungou. — Uma súbita doença de um parente! Que parentes próximos é que ele tem?

Não sabia de nenhum e, por instantes, desanimei perante o perigo da invenção; depois, repliquei que nunca conhecera nenhum familiar seu e, uma vez mais, me senti fortificado pelo meu tom de sinceridade.

— Pensei que fossem amigos íntimos — estranhou, fixando-me com o que eu imaginava ser um brilho de suspeita nos seus pequenos olhos astutos.

— Só aqui na cidade — respondi-lhe. — Nunca fui à terra dele.

— Bem — grunhiu. — Suponho que não teve alternativa. Não percebo porque não veio jantar primeiro. Nem para assistir a um moribundo eu ia sem jantar; é o raio de uma viagem, se quer a minha opinião. Bem, temos de jantar sem ele, e ele terá de comprar gato por lebre, afinal de contas. Importa-se de tocar a essa campainha? Suponho que saiba porque veio ele ter comigo. Lamento não poder voltar a vê-lo, para seu próprio interesse. Gosto do Raffles, simpatizei muitíssimo com ele. É um cínico e gosto dos cínicos. Eu próprio sou um cínico. Voltando à má forma da mãe dele ou da tia, espero que ela estique o pernil.

Procuro ligar estes pedaços de conversa e relatá-los com certa lógica para o leitor, uma vez que ocorreram dispersos e interrompidos, aqui e ali, por afirmações minhas. Foram trechos de conversa que preencheram o intervalo até o jantar ser servido, e que contribuíram para formar uma impressão do homem, confirmada pelas afirmações subsequentes. Uma impressão, em suma, que aboliu todo o meu escrúpulo relativo ao papel que desempenhava à sua mesa. Ele era daquele género horrível, o tolo cínico, que profere comentários cáusticos sobre as coisas e as pessoas, que confunde frontalidade com descaramento e inteligência com arrogância. Malcriado e malformado, encontrara a fortuna, segundo palavras suas, na especulação de terrenos; no entanto, possuía astúcia e velhacaria suficientes para aumentá-la e ria-se até se engasgar das infelicidades de especuladores menos astutos. Bem, o homem era de tal calibre que, mesmo agora, não consigo sentir muitos remorsos pelo meu comportamento para com o honorável membro do Conselho Legislativo, J. M. Craggs.

Mas nunca me esquecerei da angústia da situação, ao escutar o meu anfitrião com um ouvido e, com o outro, Raffles! A certa altura, ainda que a porta que nos separava do quarto não fosse das antiquadas portas de fole, ouvi um ruído. E isto não obstante a porta estar fechada e coberta ainda por um espesso reposteiro. De qualquer forma, podia jurar que o tinha ouvido uma vez. Entornei vinho e ri bem alto de uma saída grosseira do meu anfitrião. E não ouvi mais nada, embora estivesse atento. Mas, mais tarde, para meu horror, quando o criado se tinha finalmente retirado, o próprio Craggs se levantou e correu para o quarto sem uma palavra. Fiquei fixo como uma pedra até ele regressar.

— Pensei que tinha ouvido uma porta! — exclamou. — Devo ter-me enganado... É imaginação... Apanhei um susto. O Raffles contou-lhe o tesouro inestimável que ali tenho?

Finalmente mencionava o quadro; até esta altura, fizera-o falar de Queensland e da construção do seu império. Tentei que voltássemos ao tema, mas em vão. Agora que se lembrara do seu grande tesouro adquirido por meios ilícitos, já não queria falar de outra coisa. Confirmei-lhe que Raffles se referira ao assunto, mas que não adiantara muito mais. Com a loquacidade confidencial de um homem que jantou bastante bem, voltou ao seu tópico preferido e eu olhei para o relógio atrás dele. Ainda eram só um quarto para as dez.

Por uma questão de cortesia, não me era permitido sair. De resto, ainda íamos no vinho do Porto e não tive outro remédio senão ficar. Depreendi da conversa o móbil que estava por detrás da ânsia que o meu anfitrião demonstrara ao querer possuir o que ele, com satisfação, chamava «uma real, genuína e perfeitamente acabada obra do Velho Mestre»: era para demonstrar ascendência sobre qualquer colega rival do Conselho Legislativo que fosse amante de arte. Enfim, mesmo que conseguisse resumir o seu monólogo, tornar-se-ia bastante aborrecido para o leitor; basta que diga que terminou, inevitavelmente, com o convite que eu temera toda a noite.

— Mas quero-lho mostrar. Na sala ao lado. Por aqui.

— Mas não está já embalado? — inquiri, precipitadamente.

— Está só fechado à chave.

— Por favor, não se incomode — solicitei.

— O incómodo que vá para o diabo! — respondeu-me. — Vamos.

E, de repente, percebi que resistir-lhe seria levantar suspeitas sobre mim, quando se lhe deparasse o que eu calculava. Por isso, segui-o até ao quarto sem mais protestos. A primeira coisa para que ele se dirigiu, deixando-me petrificado, foi ao estojo metálico que se encontrava no outro canto; ele ostentava um manhoso orgulho neste recetáculo, e pensei que nunca mais acabava de comentar a sua aparência inocente e a sua fechadura especial. Pareceu-me uma eternidade até a chave entrar na fechadura. Depois o mecanismo fez clique, e a minha pulsação parou.

— Inacreditável! — exclamei logo a seguir. A tela estava no seu lugar entre os mapas!

— Sabia que o ia impressionar — disse Craggs, tirando-a e estendendo-a. — Bela coisa, não é? Ninguém acredita que foi pintado há duzentos e trinta anos, hein? Mas tem a minha palavra! A cara do velho Johnson, quando o vir, vai ser um espetáculo; deixará de andar a gabar a sua coleção de quadros. Porque a tela que aqui levo vale todos os quadros da colónia de Queensland juntos. Vale cinquenta mil libras, meu rapaz... E eu dei por ela cinco mil!

Deu-me uma pancada amigável nas costas e pareceu-me na disposição de fazer mais confidências. A minha aparência incitou-o e ele esfregou as mãos.

— Se ficou assim impressionado — riu-se entredentes —, como não ficará o velho Johnson? Vai-se embora e enforca-se nas molduras dos seus próprios quadros, espero!

Só Deus sabe os tratos que tive de dar à imaginação para manter a conversa. Se primeiro ficara mudo de alívio, mudo continuei, mas por um motivo bem diferente. Uma nova vaga de emoções entorpeceu a minha língua. Se Raffles tinha falhado... podia eu ser bem-sucedido? Era demasiado tarde? Não havia hipótese?

— Adeus — disse ele, dando uma última olhadela para a tela antes de a arrumar. — Adeus até chegarmos a Brisbane.

A agitação em que me encontrava quando ele fechou o estojo!

— Aberto pela última vez — continuou, enquanto voltava a meter as chaves no bolso. — Agora vai direto para a casa-forte do navio.

Pela última vez! Se ao menos eu pudesse enviar para a Austrália só o estojo com o seu conteúdo legítimo! Mas não podia ter êxito onde Raffles tivera uma derrota!

Voltámos para a outra sala. Não tenho noção do tempo que passou durante a conversa que se seguiu, nem do tema. O uísque e a gasosa correram como água. Mal lhes toquei, mas ele bebeu copiosamente e ainda não eram onze horas quando o deixei quase ébrio. E o último comboio para Esher era às 23h50, a sair da estação de Waterloo.

Estaria de regresso ao hotel em treze minutos. Subi a escada. O corredor estava vazio; parei um instante na soleira da porta da sala, ouvi ressonar lá dentro e entrei cuidadosamente com a chave do cavalheiro, pois fora uma questão bem simples tirá-la e trazê-la comigo.

Craggs não se mexeu; estava esticado no sofá profundamente adormecido. Mas não o bastante para mim. Encharquei o meu lenço com o clorofórmio que trouxera e coloquei-o gentilmente sobre a sua boca. Duas ou três inspirações estertorosas e o homem ficou inconsciente.

Retirei o lenço; extraí as chaves do seu bolso. Em menos de cinco minutos, voltei a pô-las lá, depois de enrolar o quadro à volta do corpo, por baixo da capa de inverno. Bebi algum uísque com gasosa antes de sair.

Apanhei o comboio a tempo — tão a tempo que tremi durante dez minutos na carruagem de fumadores, de primeira classe, com pavor de todos os passos na plataforma —, num terror irreprimível até ao fim. Então, por fim, recostei-me no assento, acendi um cigarro e as luzes de Waterloo ficaram para trás.

Alguns passageiros tinham vindo do teatro. Ainda hoje me consigo lembrar das suas conversas. Estavam desapontados com a obra que tinham visto. Era uma das últimas óperas do Savoy, e falavam avidamente das récitas de *Pinafore* e de *Patience.* Um deles cantarolava uma estrofe, e havia uma discussão sobre se a ária seria de *Patience* ou do *Mikado.* Desceram todos em Surbiton, e fiquei sozinho a saborear o meu feito durante embriagadores minutos. Pensar que tinha conseguido o que Raffles não conseguira! De todas as nossas aventuras, esta era a primeira na qual eu desempenhava a parte principal; e, de todas elas, era a menos vergonhosa. Deixara-me sem problemas de consciência; no fim de contas, limitara-me a roubar um ladrão. E fizera-o sozinho, sem ajuda — *ipse egomet*!

Imaginei Raffles, a sua surpresa, o seu deleite. De futuro pensaria um pouco mais em mim. E esse futuro iria ser diferente. Tínhamos duas mil libras cada um — certamente o suficiente para começar de novo, como homens honestos —, e tudo graças a mim.

Com entusiasmo, desci em Esher, e apanhei a única e abençoada carruagem que estava à espera sobre a ponte. Com febril entusiasmo, contemplei Broom Hall, com o andar de baixo ainda com luzes, e vi a porta da frente aberta. Comecei a subir a escadaria de acesso.

— Calculei que fosse você — disse Raffles, animadamente. — Está tudo bem. Há uma cama para si. *O sir* Bernard está à sua espera para lhe dar um aperto de mão.

A sua boa disposição desapontou-me. Mas eu conhecia-o bem. Era daqueles que usava o seu melhor sorriso nas horas mais negras. Conhecia-o agora já muito bem para ser enganado.

— Eu tenho-o! — exclamei ao seu ouvido. — Eu tenho-o!

— Tem o quê? — perguntou, recuando.

— O quadro!

— O quê?

— O quadro. Ele mostrou-mo. Percebi que você não o tinha conseguido. Portanto, resolvi tirá-lo. E aqui está ele.

— Vamos lá ver isso — retorquiu Raffles, com severidade.

Tirei a minha capa e desenrolei a tela à volta do meu corpo. Enquanto fazia isto, apareceu um velho cavalheiro desalinhado no *hall* e ficou parado a olhar, de sobrancelhas levantadas.

— Parece muito novo para um Velho Mestre, não parece? — perguntou Raffles.

O seu tom era estranho. Só conseguia pensar que ele estava invejoso do meu sucesso.

— O Craggs também disse isso. Eu mal olhei para ele.

— Bem, olhe agora... olhe de perto. Devo tê-la falsificado melhor do que pensei!

— É uma cópia! — exclamei.

— É a cópia — confirmou. — É a cópia que me levou a palmilhar todo o país à sua procura. É a cópia de que falsifiquei a frente e o verso, para convencer e tornar feliz o velho Craggs. E você rouba isto!

Eu não conseguia falar.

— Como conseguiu? — perguntou o *sir* Bernard Debenham.

— Matou-o? — perguntou Raffles, sardonicamente.

Não olhei para ele. Virei-me para o *sir* Bernard Debenham, e contei-lhe a história, com voz rouca e excitada. Pelos vistos, pouco mais me restava senão contar a história. Mas, à medida que falava, fiquei mais calmo. Concluí o meu relato com uma nota de amargura, afirmando que, da próxima vez, Raffles me teria de dizer o que pensava fazer.

— Para a próxima? — interrogou-me subitamente. — Meu caro Bunny, fala como se roubar passasse a ser o nosso futuro!

— Espero que não — replicou o *sir* Bernard, sorrindo. — São, na verdade, dois jovens muito ousados. Esperemos que o nosso amigo de Queensland faça como disse, e não abra o estojo até chegar ao seu destino. Encontrará o meu cheque à espera, e ficarei muito surpreendido se ele nos voltar a incomodar.

Raffles e eu não trocámos palavra até chegarmos ao quarto que tinha sido preparado para mim. Verdade se diga que eu próprio não sentia grande vontade para conversar. Mas ele seguiu-me e segurou-me na mão.

— Bunny — disse. — Não seja severo com um amigo! É verdade que eu estava com uma pressa dos diabos e não sabia se conseguiria o que queria a tempo. Mas satisfaz-me saber que desfez uma das minhas melhores façanhas. Quanto ao seu trabalho, meu velho, não pense que não compreendo que manifestou coragem. De futuro...

— Não me fale do futuro! — exclamei. — Detesto tudo isto! Vou abandonar tudo!

— Também eu — ripostou Raffles. — Depois de ter o dinheiro suficiente.

Um segundo encontro

Tinha chegado a Picadilly, numa noite densa de novembro, quando o meu sentimento de culpa me fez petrificar ao sentir uma mão agarrar-me subitamente o braço. Como sempre imaginava, pensei que tinha chegado, por fim, a minha hora. Contudo, era só Raffles, que estava parado a sorrir para mim através do nevoeiro.

— Ainda bem que o encontro! — disse-me. — Já estive à sua procura no clube.

— Ia precisamente a caminho de lá — retorqui, numa tentativa de esconder os meus temores. Foi uma tentativa ineficaz, segundo vi pelo seu sorriso largo e pelo abanar indulgente da cabeça.

— Venha antes a minha casa — pediu-me. — Tenho algo divertido para lhe contar.

Procurei desculpas para não ir, pois o seu tom antecipou-me o tipo de divertimento de que se tratava. Era de um género contra o qual eu voltara as costas com sucesso, por alguns meses. Contudo, como já o afirmei e reitero agora, para mim, de qualquer maneira, nunca houve ninguém no mundo tão irresistível como Raffles quando este engendrava algo. Que ambos tínhamos andado afastados da prática delituosa desde o nosso pequeno serviço para o *sir* Bernard Debenham... Que não tinha havido ocasião para aquele cérebro poderoso se decidir seriamente sobre o que iria fazer... Que há muito tempo que estávamos atacados pela doença da honestidade... Que saudades dos bons velhos tempos de emoção e de companheirismo. Acredite o leitor que, se pudesse, evitaria meter-me em sarilhos. Mas o que vou narrar seguidamente contraria afinal essa disposição de espírito. Dei as minhas desculpas, como disse. Mas o seu braço resvalou pelo meu, com uma risada cúmplice. E, embora fosse todo o caminho a protestar, o facto é que, quando dei por mim, estávamos em frente à escada do Albany.

A sua lareira estava quase apagada. Atiçou-a e lançou umas achas depois de acender as luzes. Quanto a mim, fiquei obstinadamente com o meu sobretudo até que ele mo arrancou das costas.

— Que teimoso você é! — exclamou com um ar brincalhão. — Uma pessoa realmente pensaria que lhe propusera arrombar outra choça nesta noite abençoada! Bem, não é nada disso, Bunny; portanto sente-se nessa cadeira, pegue num destes *Sullivans* e tenha calma.

Acendeu o fósforo junto ao meu cigarro; trouxe-me um uísque com gasosa. Depois, foi ao vestíbulo e, precisamente quando eu estava a sentir-me bem, ouvi-o correr o ferrolho. Foi com grande esforço que me mantive naquela cadeira; logo a seguir, ele sentava-se noutra, com os braços cruzados e a olhar-me zombeteiramente.

— Lembra-se de Milchester, meu velho Bunny?

A sua expressão era tão amável quanto a minha era carrancuda quando lhe respondi que sim.

— Tivemos lá um pequeno encontro que não estava previsto. *Gentlemen* contra *Players*, recorda-se?

— Não me esqueço disso.

— Sabendo que o *cricket* nunca foi o seu forte, por assim dizer, pensei que esquecesse. Bem, os *Gentlemen* marcaram bastante à vontade, e os *Players* levaram uma sova...

— Pobres diabos!

— Não é bem assim. Lembra-se do tipo que vimos na estalagem? O fulano de vestuário extravagante que eu lhe disse ser um dos ladrões mais espertos da cidade?

— Lembro-me dele. Crawshay... Creio ser esse o seu nome.

— Bem, foi certamente o nome pelo qual foi condenado, portanto continuemos a chamar-lhe Crawshay. Não tenha pena dele, meu velho; fugiu de Dartmoor ontem à tarde.

— Bem feito!

Raffles sorriu, mas tinha erguido as sobrancelhas e encolhido os ombros.

— Verdade, foi realmente bem feito. Perguntava-me se você teria lido a notícia no jornal. Aproveitando o nevoeiro de ontem nessa zona pantanosa, o velho Crawshay deu o salto e saiu sem um arranhão debaixo de fogo cerrado. Concordo, o mérito é dele; um tipo com tanta coragem merece a liberdade. Mas o Crawshay fez mais. Andaram à caça dele toda a noite e não o conseguiram encontrar. Estou-lhe a contar isto porque você não leu os jornais da manhã.

Folheou um *Pall Mall*, que trouxera consigo.

— Mas ouça isto: está aqui um relatório da fuga que torna a coisa mais rocambolesca. «O fugitivo foi seguido até Totnes, onde parece ter cometido um ato particularmente atrevido na madrugada de hoje. Ao que parece, entrou nos alojamentos do Rev. A. H. Ellingworth, cura da paróquia, que deu pela falta da sua roupa quando se levantou à hora habitual; mais tarde, as roupas do condenado foram descobertas bem dobradas e arrumadas no fundo de uma gaveta. Entretanto, Crawshay prosseguiu na fuga, embora se creia que um disfarce tão singular o leve a ser recapturado durante o dia.» O que pensa disto, Bunny?

— É, na verdade, um desportista — respondi-lhe, agarrando o jornal.

— É mais do que isso — ripostou Raffles. — É um artista, e tenho inveja dele. Tendo a possibilidade de escolher um disfarce, preferiu o de... vigário! Belo... belo! Mas não é tudo. Vi agora mesmo no clube que houve um incidente na linha perto de Dawlish. Um indivíduo, com trajo de sacerdote, foi encontrado inconsciente no passeio. Novamente o nosso amigo. A notícia não diz isso, mas é óbvio; simplesmente atacou outro tipo, mudou novamente de roupa, e veio alegremente para a cidade. Não é extraordinário? Acredito que seja o melhor golpe deste género em tempos recentes!

— Mas porque tinha de vir para a cidade?

Num instante o entusiasmo fugiu do rosto de Raffles. Tocara-lhe claramente nalguma antiga recordação, que não lhe ocorrera pela alegria impessoal de vibrar com a fuga de um colega criminoso. Olhou por cima dos ombros para o vestíbulo antes de responder.

— Creio que o velhaco anda no meu encalço! — disse.

E, à medida que falava, tornou-se novamente ele próprio, sossegadamente divertido, cinicamente imperturbável, apreciando a situação e a minha surpresa.

— Mas o que quer dizer com isso? — perguntei-lhe. — O que é que o Crawshay sabe sobre si?

— Não muito, mas suspeita.

— Porquê?

— Porque, à sua maneira, ele é quase tão bom como eu; porque, meu caro Bunny, ele tem olhos para ver e cabeça para pensar. Daí as suas suspeitas. Certa vez viu-me na cidade com o velho Baird. Deve-me ter visto também naquele dia no bar, a caminho de Milchester, assim como mais tarde no campo de *cricket.* De facto, sei que me viu, porque escreveu-me e disse-mo antes do seu julgamento.

— Escreveu-lhe! E nunca me contou!

O velho encolher de ombros respondeu ao velho agravo.

— Para quê, meu caro amigo? Só o teria preocupado.

— Bem, o que lhe disse ele?

— Que lamentava ter fugido antes de regressar à cidade, pois propusera-se dar-se a honra de me fazer uma visita; no entanto, acreditava que era só um prazer adiado, e pedia-me que não me ausentasse e que aguardasse até ele sair. Claro que sabia que o colar da Melrose tinha desaparecido, embora não fosse ele o seu possuidor; e acrescentou que o homem que o tinha levado e deixado o resto era parecido com ele, etc., de permeio com certas pequenas propostas para um futuro longínquo e que receio serem realmente para um futuro próximo! Só estou surpreendido por ele ainda não ter aparecido.

Olhou novamente para o vestíbulo, que tinha deixado às escuras com a porta interior fechada tão cuidadosamente como a exterior. Perguntei-lhe o que pensava fazer.

— Deixá-lo bater à porta... se chegar a isso. O porteiro tem ordem para lhe dizer que estou fora da cidade, o que também será verdade, daqui a uma hora ou duas.

— Ausenta-se esta noite?

— No comboio das 19h15, estação de Liverpool Street. Não costumo falar sobre a minha família, Bunny, mas tenho a melhor das irmãs, no leste, casada com um sacerdote de província. Fazem-me sempre sentir bem-vindo, e deixam-me ler as homilias com a intenção de me atraírem para a Igreja. Tenho pena de você não poder estar lá, no domingo, para me ouvir, Bunny. Essa paróquia tem-me servido para refletir sobre planos de ação, além de ser um porto seguro em caso de tempestade. Mas tenho de ir fazer as malas. Quis indicar-lhe para onde vou, e qual o motivo, se quiser seguir o meu exemplo.

Lançou o resto do cigarro para a lareira, espreguiçou-se quando se levantou e permaneceu tanto tempo nessa postura deselegante que subi os olhos do seu corpo para a cara; um segundo depois, segui os seus olhos pela sala, e também fiquei de pé. Na soleira da porta de fole que separava o quarto da sala de estar, estava um homem bem constituído, com um vestuário desajustado, que nos fez uma vénia até que a sua cabeça lisa nos mostrou um disco de curto cabelo vermelho.

Ainda que fosse rápido o meu exame quanto a esta espantosa aparição, o intervalo foi suficientemente longo para Raffles recuperar a compostura; as suas mãos estavam nos bolsos e havia um sorriso no rosto, quando os meus olhos se voltaram num ápice para ele.

— Deixe-me apresentá-lo, Bunny — solicitou —, ao nosso distinto colega, o Sr. Reginald Crawshay.

A cabeça do outro ergueu-se, mostrando uma testa enrugada e uma face grosseira, barbeada e de tom avermelhado pelo esforço de ter um colarinho fechado e que, manifestamente, não lhe servia. Mas, na altura, não reparei de forma consciente. Ficara apenas com uma impressão do indivíduo. E chegara também a uma conclusão. Voltei-me para Raffles com uma praga.

— É um truque! — gritei. — É mais um dos seus malditos truques. Trouxe-o aqui para me aliciar. Suponho que pretende que o acompanhe, não é? Diabos o levem.

O olhar frio que recebi em troca desta explosão fez-me sentir vergonha pelas palavras que acabara de proferir.

— Essa é boa, Bunny! — exclamou Raffles, encolhendo os ombros.

— Deus o abençoe! — exclamou Crawshay. — Ele não sabia de nada. Não me esperava, está a ver? E você é cá um finório, é mesmo — aproximou-se de Raffles. — Eu sabia que era, mas faz favor, você é cá dos meus — e estendeu uma mão peluda.

— Depois disso — retorquiu Raffles, apertando-lha —, o que me resta dizer? Mas deve ter ouvido a minha opinião sobre si. Tenho orgulho em conhecê-lo. Como diabo é que conseguiu entrar?

— Não interessa — respondeu Crawshay, alargando o colarinho. — Vamos falar de como é que vou sair. Desculpe lá, mas isso é melhor!

Havia um anel lívido à volta do seu pescoço taurino, que ele apalpava cuidadosamente.

— Não sabia por quanto tempo é que tinha de fazer papel de senhor — explicou. — Não sabia quem estaria aqui.

— Bebe um uísque com gasosa? — perguntou Raffles quando o condenado se sentou na cadeira de onde eu tinha saltado.

— Homessa, purinho, sem misturas — replicou Crawshay. — Mas primeiro quero falar de negócios. Não se livra de mim assim, patrãozinho!

— Bem, então em que posso ser útil?

— Sabe sem eu lhe dizer.

— Mas diga.

— Então, quero-me safar; é isso que eu quero, e o resto é consigo. Somos irmãos em armas, embora eu não esteja armado agora. Não foi preciso. Você é finório. Mas somos irmãos, e você vai dar uma ajuda aqui ao parceiro. Vamos pensar assim. Você arranja maneira de me safar. Deixo tudo consigo!

A sua forma de falar transparecia um espírito de conciliação e de compromisso; inclinou-se para a frente e arrancou um par de botas dos seus pés nus, que esticou para o fogo, mexendo dolorosamente os dedos.

— Espero que me arranje um par delas maior que este — disse. — Tenho estado à espera para lhe dar tempo. Não cheguei muito antes de si.

— E não me diz como é que conseguiu entrar?

— Para quê? Não lhe posso ensinar nada. Além disso, quero é cavar daqui para fora. Fora de Londres, da Inglaterra e da maldita Europa. É tudo o que eu quero de si, mister. Não lhe pergunto como é que entrou para a profissão. Sabe de onde é que venho, que eu ouvi-o dizer; sabe para onde é que quero ir, porque acabei de lho dizer; vossemecê trata do resto.

— Bem — suspirou Raffles. — Vamos lá ver o que se pode fazer.

— Sim! — retorquiu o Sr. Crawshay, e chegou-se para trás confortavelmente, fazendo estalar os nós das mãos.

Raffles virou-se para mim com os olhos cintilantes. Mas a sua expressão era pensativa, um misto de vontade e de resignação, conforme o indiciavam as rugas na testa e as linhas da sua boca. E falou exatamente como se ele e eu estivéssemos sozinhos na sala.

— Está a ver a situação, Bunny? Se aqui o nosso amigo for «prá prisa», para usar a sua linguagem, ele «põe a boca no trombone» sobre mim e você. Ele achou que não valia a pena mencionar esse facto, porque o caso é bastante claro. De resto, era natural que assim fosse. Faria o mesmo no seu lugar. Já estivemos assim; agora está ele; é perfeitamente justo. Temos de levar isto por diante; não estamos em posição de recusar. E mesmo que o estivéssemos, pela minha parte iria para a frente. O nosso amigo é um grande artista; ele fugiu às claras de Dartmoor; era um crime deixá-lo voltar para lá. Nem deve; não, se eu conseguir pensar num modo de o pôr no estrangeiro.

— Você lá sabe! — murmurou Crawshay, com os olhos fechados. — Deixo tudo por sua conta.

— Mas tem de acordar e contar-nos coisas.

— Está bem, mister, mas eu estava mesmo a precisar de uma soneca!

E levantou-se, pestanejando.

— Acha que foi seguido até à cidade?

— Provavelmente.

— Aqui?

— Não, com este nevoeiro... e alguma sorte.

Raffles foi até ao quarto, acendeu a luz e voltou no minuto seguinte.

— Então, entrou pela janela?

— Mais ou menos.

— Foi diabolicamente esperto da sua parte descobrir qual era; não percebo como o conseguiu fazer em pleno dia, com ou sem nevoeiro! Mas deixe lá isso! Acha mesmo que não foi visto?

— Acho que não, *sir*.

— Bem, esperemos que tenha razão. Vou fazer reconhecimento e, em breve, saberei. E você é melhor vir também, Bunny. Comemos qualquer coisa e falamos sobre isso.

Quando Raffles olhou para mim, olhei para Crawshay, antevendo problemas; e os problemas transpareceram no seu rosto pálido e furioso, no brilho dos seus olhos assustados, no súbito fechar dos seus punhos.

— E o que é que eu faço? — gritou, com violência.

— Você espera aqui.

— Não, não espero — grunhiu. Deu uns passos e pôs-se diante da porta. — Não me dá a volta assim, meu achacador.

Raffles virou-se para mim com um encolher de ombros.

— É a pior faceta destes veteranos! — disse. — Nunca irão usar as cabeças. Eles veem uma ocasião e só pensam em dar o golpe; mas é só o que veem e pensam, e acham que nós somos iguais. Não admira que os tivéssemos vencido da última vez!

— Não sejas mavioso! — rosnou o marginal. — Fala direito, moinante!

— Certo — respondeu Raffles. — Vou falar na tua própria língua. Dizes que te entregas nas minhas mãos, que deixas tudo comigo e, no entanto, não confias em mim! Eu sei o que acontece se falhar. Aceito o risco. Levo isso por diante. E, ainda assim, pensas que eu vou daqui direito à bófia para te chibar. E depois? A seguir pões tu a boca no trombone. És parvo, Crawshay, embora tenhas fugido de Dartmoor; tens de dar ouvidos a um homem mais capaz, e obedecer-lhe. Ou te safo à minha maneira ou nada feito. Entro e saio quando quero, e com quem quero, sem meteres os chifres; ficas aqui quietinho, com juízo, e deixa o resto comigo. Se és suficientemente parvo para não confiares em mim, então põe-te já na alheta. Vai, dá de frosques. Lixa-te!

Crawshay deu uma palmada na coxa.

— Assim é que é falar! — retorquiu. — Obrigado; sei onde é que estou quando fala assim. Vou confiar em si. Conheço um homem quando ele tem a língua afiada; o senhor é como deve ser. Já não digo o mesmo desse outro senhor, embora o visse consigo no trabalho daquela altura, na província; mas se ele é seu amigo, Sr. Raffles, também está bem. Só espero que não estejam muito tesos...

E tocou nos bolsos com uma expressão triste.

— Só me servi da roupa deles — disse. — Os malditos não tinham um tuste. Cambada de tesos...

— Está bem — tranquilizou Raffles. — Vamos pôr-te a milhas, à maneira. Deixa isso connosco e fica aí sentado.

— Combinado, chefe! — disse Crawshay. — Aproveito para chonar, quando saírem. Mas não contem com falas mansas de mim e com obrigados. Se me deixarem pendurado, lixo-vos. É bom que saibam!

Raffles vestiu o sobretudo. Parece que estou a vê-lo! Um longo e belo sobretudo e, ainda ele o estava a vestir, já o nosso fugitivo dormitava numa cadeira; deixámo-lo a murmurar incoerentemente, com as luzes apagadas e os pés nus a tostar.

— Não é mau tipo, este fulano — disse Raffles na escada. — Um verdadeiro génio, à sua maneira, embora os seus métodos sejam um pouco elementares para o meu gosto. Mas a técnica não é tudo; sair de Dartmoor e conseguir entrar no Albany nas mesmas vinte e quatro horas é de se lhe tirar o chapéu, Santo Deus!

Tínhamos passado por um homem no pátio enevoado, e Raffles apertou-me o braço.

— Quem era?

— O último homem que eu queria ver! Espero que não me tenha ouvido! O nosso amigo Mackenzie, da Yard!

Detive-me com horror.

— Acha que anda atrás do Crawshay?

— Não sei. Vou descobrir.

E, antes que eu pudesse protestar, já se tinha antecipado. Quando consegui recuperar a voz, ele ria-se e murmurava que a audácia era sempre a melhor defesa.

— Mas é uma loucura...

— De maneira nenhuma. Cale-se agora! É você, senhor Mackenzie?

O detetive voltou-se e sondou-nos com vivacidade; e, através da luz do gás, reparei que o seu cabelo estava grisalho nas têmporas e a sua cara ainda com mau aspeto devido à ferida que quase o deixara às portas da morte.

— Peço desculpa, mas não me recordo dos senhores — replicou.

— Espero que esteja recomposto — redarguiu o meu companheiro. — O meu nome é Raffles, e encontrámo-nos em Milchester, no ano passado.

— Ah, sim! — exclamou o escocês, com entusiasmo. — Sim, lembro-me agora da sua cara, e da sua também, senhor. Passámos um mau bocado, mas acabou tudo em bem, e isso é que importa.

Voltara a uma atitude de prudência. Raffles apertou-me o braço.

— Sim, terminou tudo em bem, exceto para si — disse. — E que me diz da fuga do chefe do bando, aquele tipo, o Crawshay? O que pensa disso, hein?

— Não tenho esse caso — replicou o escocês.

— Ótimo! — gritou Raffles. — Estava com receio de que estivesse outra vez a seguir-lhe o rasto!

Mackenzie abanou a cabeça com um sorriso seco, e desejou-nos boa noite, enquanto uma janela invisível foi levantada e um assobio suave se ouviu através do nevoeiro.

— Temos de ver como isto acaba — murmurou Raffles. — Nada de mais natural do que uma dose de curiosidade da nossa parte. Depressa, atrás dele.

E seguiu o detetive, no outro lado do passeio, da rua de onde tínhamos saído, lado esquerdo de quem vai para Picadilly. Seguimo-lo bastante às claras e, no começo da escada, encontrámos um dos porteiros. Raffles perguntou-lhe se se passava alguma coisa.

— Nada, senhor — retorquiu o indivíduo prontamente.

— Tolice! — replicou Raffles. — Aquele era o Mackenzie, o detetive. Acabei agora de falar com ele. Porque está ele aqui? Vá lá, meu amigo; se recebeu instruções para se calar, garanto-lhe que nós não abrimos a boca.

O homem parecia ter bastante vontade de se abrir perante um público tão sofisticado. E, enquanto se ouvia, lá em cima, uma porta a fechar-se, ele abriu-se.

— É assim — murmurou. — Esta tarde um cavalheiro veio à procura de alojamento. Mandei-o para a receção. Um dos empregados foi com ele mostrar-lhe os quartos vazios e o cavalheiro ficou particularmente interessado naqueles onde está a polícia agora. Então, ele mandou o empregado chamar o gerente, pois havia uma ou duas coisas de que queria falar; e, quando chegou, o cavalheiro tinha desaparecido! Tinha desaparecido completamente do edifício!

O porteiro olhava para nós com os olhos brilhantes de espanto.

— E então?

— Bem, *sir*, eles procuraram por aí, e acabaram por desistir; pensaram que ele tinha mudado de ideias e que não quisera dar gorjeta ao empregado. Fecharam, pois, o quarto e foram-se embora. Até que, há perto de meia hora, levei ao gerente o seu *Star* extra-especial; ao fim de dez minutos, apareceu a correr com um bilhete e mandou-me à Scotland Yard num carro. E é tudo o que sei, *sir*, a sério. Os polícias estão lá em cima agora, com o detetive e o gerente, e pensam que o cavalheiro ainda está algures no edifício. Pelo menos, pareceu-me que era essa a ideia deles; mas quem é e porque o querem, eu não sei.

— Muito interessante! — redarguiu Raffles. — Vou lá acima perguntar. Vamos, Bunny, deve ser divertido.

— Desculpe, senhor, mas não vai abrir a boca sobre isto, não?

— Eu não, você é um bom tipo — e subiu. — Vamos lá ver se não estamos metidos no jogo — murmurou quando chegámos ao patamar. — Vamos a ver se é um jogo em que nos sairemos bem, Bunny.

— O que vai fazer?

— Não sei. Não há tempo para pensar. Vamos começar assim...

E bateu com estrondo na porta fechada. Um polícia abriu-a. Raffles passou por ele com o ar de comissário-chefe, e eu segui-o antes que o homem recuperasse do seu espanto. As tábuas nuas rangeram por baixo de nós; no quarto encontrámos um grupo de polícias debruçados no parapeito da janela com uma lanterna. Mackenzie foi o primeiro a endireitar-se e a fixar-nos com um olhar penetrante.

— Posso saber o que é que os cavalheiros desejam? — perguntou.

— Queremos dar uma ajuda — cortou Raffles rapidamente. — Já uma vez o fizemos. Lembre-se de que foi o meu amigo quem lhe tirou de cima o tipo com quem lutou. Foi ele que o prendeu. Com certeza que isso lhe dá o direito, para todos os efeitos, de saber o que está a acontecer. Quanto a mim, bem, é verdade que só ajudei a transportá-lo para dentro de casa; mas enquanto velho conhecido, espero, meu caro Mackenzie, que nos permita partilhar quanto possível desta aventura.

— Então, assistirão a grande coisa! — grunhiu o detetive. — Pois ele não está aqui em cima. Guarda, vá lá e fique ao fundo da escada, e não deixe mais ninguém subir, seja qual for o motivo; afinal de contas, pode ser que estes senhores nos ajudem.

— É amabilidade sua, Mackenzie — clamou Raffles calorosamente. — Mas o que se passa? Perguntei ao porteiro que encontrei lá em baixo, mas não consegui arrancar-lhe nada, exceto que tinha vindo alguém para ver estes quartos e que nunca mais fora visto.

— É o homem que nós queremos — replicou Mackenzie. — Estou em crer que se escondeu algures no edifício. O Sr. Raffles vive cá no Albany?

— Vivo.

— Os seus aposentos ficam perto destes?

— Um lanço de escada acima.

— Acabou de sair de lá?

— Precisamente.

— Esteve lá toda a tarde?

— Nem toda.

— Então, posso ter de revistar os seus aposentos, *sir.* Estou preparado para revistar todos os quartos do Albany. O nosso homem parece ter ido pelo algeroz; mas, a não ser que tenha deixado mais marcas lá fora do que cá dentro, ou que o encontremos lá em cima, teremos de revistar todo o edifício.

— Deixo as minhas chaves — cortou Raffles imediatamente. — Vou jantar fora, mas entrego-as ao agente que está lá em baixo.

Sustive a respiração num espanto mudo. Que significava aquela louca promessa? Era voluntária, gratuita e suicida; fez-me agarrar-lhe a manga com horror e descontentamento. Entretanto, após uma palavra de agradecimento, Mackenzie tinha voltado para a janela e nós encaminhámo-nos, sem sermos observados, para o quarto seguinte. Aqui, a janela, ainda aberta, dava para o pátio. Enquanto olhávamos para baixo com aparente preguiça, Raffles assegurou-me:

— Está tudo bem, Bunny; faça o que lhe disser e deixe o resto comigo. Isto é um aperto, mas não desespere. O que tem a fazer é colar-se a estes tipos, especialmente se revistarem o meu quarto; eles não devem obter mais do que o necessário, e não o farão se lá estiver!

— Mas onde é que você vai estar? Não me vai deixar ali plantado e sozinho, pois não?

— Se o fizer, é para voltar com um plano a executar no momento certo. Além disso, há estas coisas chamadas janelas e o Crawshay é homem para correr riscos. Tem de confiar em mim, Bunny; já me conhece há bastante tempo.

— E agora vai-se embora?

— Não há tempo a perder. Cole-se a eles, meu velho, não os deixe suspeitarem de si, faça o que fizer.

A sua mão poisou por um momento no meu ombro; depois, deixou-me à janela e atravessou o quarto.

— Agora tenho de ir — ouvi-o dizer. — Mas o meu amigo fica de vigia aqui e eu deixo as luzes acesas nos meus aposentos... E a minha chave fica com o guarda, lá em baixo. Boa sorte, Mackenzie; lamento não poder ficar.

— Adeus, *sir* — chegou-me o som de uma voz preocupada —, e muito obrigado.

Mackenzie ainda estava ocupado à janela, e eu permaneci na minha, sentindo um misto de medo e raiva por tudo o que conhecia de Raffles e dos seus recursos inesgotáveis. Por esta altura, julgo que sabia já mais ou menos o que ele faria em dada emergência; pelo menos podia conjeturar que as coisas se resolveriam com astúcia e audácia. Regressaria ao quarto, punha Crawshay sob a sua guarda, e... iria escondê-lo? Não... Havia aquelas coisas chamadas janelas. Então, porque é que Raffles nos ia deixar a todos? Pensei em muitas coisas, finalmente numa carruagem de aluguer. Estas janelas do quarto davam para uma rua lateral estreita; não eram muito altas; delas, um homem podia saltar para a cobertura de uma carruagem, até em andamento, e, assim, escapar-se mesmo debaixo do nariz da polícia! Imaginei Raffles a conduzir essa carruagem, irreconhecível através do nevoeiro noturno; tive essa visão quando ele passou sob a janela, levantando a gola do sobretudo a caminho do quarto; ainda a tinha quando passou no caminho de regresso e parou para entregar a chave ao guarda.

— Estamos atrás dele — disse uma voz próxima de mim. — Subiu pelo algeroz quase de certeza, embora seja um mistério para mim saber como ele conseguiu a partir daquela janela! Vamos fechar isto aqui e ver as do sótão. Portanto, o melhor será vir connosco, se desejar.

O último andar do Albany, como em todos os hotéis, era destinado aos criados. Era um amontoado de pequenas cozinhas e cubículos, usados maioritariamente como arrecadações pelos hóspedes, como Raffles. O anexo estava vazio como os quartos de baixo. Na verdade, encheu-se connosco e, para cúmulo, o gerente juntou outro inquilino, provocando um aborrecimento indisfarçável em Mackenzie.

— O melhor é deixar entrar todo o Picadilly a uma coroa por cabeça — barafustou. — Olhe, homem, vá para o telhado para ser menos um, e tenha o bastão na mão.

Amontoámo-nos na pequena janela que Mackenzie teve o cuidado de ocupar; e, por um minuto, não se ouviu um som a não ser o ranger e o escorregar das botas regulamentares sobre a ardósia fuliginosa. Depois ouviu-se um grito.

— O que foi agora? — atirou Mackenzie.

— Uma corda pendurada do cano por um gancho! — gritaram.

— Senhores — rosnou Mackenzie —, eis como ele subiu! Até o podia ter feito com uma vara, e eu nunca iria apanhá-lo! Que comprimento tem a corda, meu rapaz?

— Bastante curta. Tenho-a aqui.

— Estava pendurada por cima de uma janela? Pergunta-lhe isso! — gritou o gerente. — Ele consegue ver se se inclinar sobre o parapeito.

A pergunta foi repetida por Mackenzie; depois uma pausa e, a seguir, «sim, estava».

— Pergunta-lhe por cima de quantas janelas! — gritou o gerente com grande excitação.

— Ele diz seis — afirmou Mackenzie no momento seguinte, e meteu para dentro a cabeça e os ombros. — Gostaria de ver precisamente esses quartos e as seis janelas!

— É o do senhor Raffles — anunciou o gerente, depois de um momento de reflexão.

— Precisamente! — exclamou Mackenzie. — Então, não vamos ter nenhuma dificuldade. Ele deixou a chave lá em baixo.

As palavras tinham uma entoação seca, intencional, que mesmo naquela altura me desagradou; era como se a coincidência tivesse alertado o escocês para qualquer coisa mais.

— Onde é que está o Sr. Raffles? — perguntou o gerente, quando todos descíamos a escada.

— Ausentou-se para jantar — disse Mackenzie.

— Tem a certeza?

— Vi-o ir — disse-lhe.

O meu coração batia terrivelmente. Não confiava em mim para voltar a falar. Insinuei-me para um lugar dianteiro na pequena procissão, e fiquei de facto em segundo lugar para cruzar a soleira que tinha sido o Rubicão da minha vida. Assim que o fiz, lancei um grito de dor, pois Mackenzie tinha recuado e pisado fortemente os meus dedos dos pés; no minuto seguinte, apercebi-me da razão desse recuo e soltei uma imprecação ainda mais alta.

Estava um homem estendido ao comprido, ao pé do fogo, deitado de costas, com uma pequena ferida na testa branca e o sangue a correr para os olhos. E o homem era o próprio Raffles!

— Suicídio — afirmou Mackenzie calmamente. — Não... aqui está o atiçador... mais parece um assassinato.

Pôs-se de joelhos e abanou a cabeça animadoramente.

— E nem sequer é um assassinato — confirmou, com um tom de desgosto na sua voz convencida. — Não é mais do que uma ferida recente, e tenho as minhas dúvidas de que isto o tivesse ferido; mas, senhores, ele tresanda a clorofórmio!

Levantou-se e fixou em mim os seus olhos vivos; os meus estavam cheios de lágrimas, mas encarei-o sem vergonha.

— Disse-me que o tinha visto sair? — perguntou severamente.

— Vi o seu sobretudo; claro que deduzi que era ele.

— E eu podia jurar que tinha sido o mesmo cavalheiro que me deu a chave!

Era a voz desconsolada do guarda das traseiras. Mackenzie virou-se para ele, branco até aos lábios:

— E desde quando é que vocês pensam alguma coisa, seus polícias danados? — rosnou. — Qual é o seu número, meu parvalhão? P 34? Isto ainda vai dar que falar, Sr. P 34! Se aquele senhor estivesse morto, em vez de recobrar o conhecimento enquanto estou a falar, sabe o que lhe acontecia? Culpado de homicídio, seu porco inchado com farda. Sabe quem é que deixou fugir, seu rançoso? O Crawshay! Nem mais, nem menos. O que fugiu ontem de Dartmoor. Juro por Deus, P 34, se eu o perder, expulso-o da polícia!

Deparava com um outro aspeto de Mackenzie, um homem habitualmente calmo, mas, agora, com a expressão alterada, as mãos a tremer de raiva, a perfeita personificação da fúria obrigada a engolir um fracasso. No momento seguinte, tinha desaparecido do meio de nós.

* * *